AF433325

JUANITA

JOAQUÍN DOÑA 2021

Juana era la mayor de seis hermanos.

No era especialmente bella, ni poseía ese encanto que hace atractivas a muchas mujeres, aunque sí era cierto que sus rasgos exóticos atraían las miradas de los hombres. Descendía por vía materna de los indios que dominaron aquellas tierras antes de la llegada de los conquistadores españoles. La mezcla de sangre que trajo aparejada la llegada de los europeos mitigó en parte esos rasgos tan característicos de aquellos pobres desgraciados, que de la noche a la mañana vieron como sus tranquilas vidas desaparecían engullidas por el devenir de los tiempos modernos y el poderío armamentístico de esos dioses barbudos que solo traían con ellos muerte y destrucción.

A fuer de ser sinceros, y contar las cosas como realmente son, hemos de añadir que la jovencita disponía de unos atractivos extra que eran los que realmente atraían las miradas de los varones que la veían pasar.

Aquella tarde de septiembre sus dieciocho años relucían en todo su esplendor, cuando se dirigía a la tienda de Ceferino en busca de un encargo de su madre. El día era muy caluroso, como suele ser habitual en aquella zona del norte de México. Para llegar a la tienda debía de atravesar la plaza del pueblo y someterse al control visual de los que sesteaban bajo un frondoso castaño, y de las comadres que dejaban pasar la tarde tejiendo y cosiendo a la sombra de un robusto abedul. No eran arboles propios de aquella zona del planeta, pero según contaban los viejos del lugar, habían llegado hasta allí de la mano de un sacerdote que los trajo desde España. La abundante agua que manaba de la fuente cercana contribuyó a su desarrollo y adaptación al entorno.

Fue precisamente en esa fuente donde se detuvo la chica, y tras inclinarse hacia uno de los caños, bebió con deleite de su fresca agua.

—¡Qué buena está! —exclamó antes de seguir su camino.

No se percató de que parte del agua había acabado en la blusa, acentuando sus formas.

—¡Rebuena juraría yo! A esa chava le daría un regalo empaquetado— comentó el tío Silvestre, uno de los *sesteones*, relamiéndose de gusto.

—¡Tú que le vas a dar! —se burló su compadre Gustavo—. Te faltan la mitad de los dientes, estás en los purititos huesos y hueles peor que una piara de puerquitos.

—Soñar cuesta poco. A lo mejor un día de estos se hace realidad— respondió con los ojos inyectados de deseo.

La chica continuó adelante y se enfrentó a la inquisidora mirada de las mujeres.

—¡Qué hace esa descarada! —se escandalizó una de las comadres cuando vio que los firmes pechos de la jovencita quedaban expuestos a la calenturienta imaginación de los espectadores masculinos. Al que más y al que menos se le había ido la modorra y ahora contemplaba extasiado el bello espectáculo que ofrecía la chica.

—¡Esos garañones se la comerían vivita si pudieran! —aseguró otra de las escandalizadas señoras—. No podemos permitir que se pasee medio desnuda por el pueblo. Ahora mismo voy y le meto una reprimenda.

Dejó la costura y se levantó decidida, pero antes de que fuera a su encuentro tuvo que escuchar una crítica y se le fueron las ganas de reprimir a nadie.

—¡Menudo par de chivas viejas estáis hechas! —exclamó una tercera—. Juanita es una buena chica, tan decente como la que más. Los tiempos están cambiando y debemos adaptarnos a ellos. No podemos exigir a las jóvenes que vistan de negro como nosotras —suspiró ensoñadora—. Ojalá yo tuviera veinte años menos para ir vestida como ella.

La *chiva vieja* se paró allí mismo, le dedicó un gesto despectivo a su compañera y sonrió con malicia.

—Tate…

La insinuación la puso en guardia.

—¿Qué tienes tú que decir?

—¡Qué siempre has sido una pendeja!

En esta vida hay dos clases de sugerencias: las que se hacen con mala leche sin ánimo de ofender, y las que ofenden el ánimo con buena intención. Escoged la que queráis de las dos porque ambas valen en este caso.

—No me tires de la lengua, Encarnita, no me tires de la lengua…

La tal Encarnita sacó los espolones como un gallo de pelea y se mostró desafiante:

—De mí nada puedes decir.

Pues resultó que sí que tenía algo que decir, sí, como veremos a continuación; con razón dice el refrán que si no quieres comer arena no te lleves el bocadillo de tortilla a la playa.

<Tú y tus refranes de medio pelo que nadie conoce porque te los acabas de inventar…>

—¡Ya lo creo que sí! Te las has dado de señorona cuando en realidad eres un putón verbenero.

La acusación no admitía medias tintas, por lo que la ofendida enrojeció violentamente y se dirigió a la tercera mujer, que asistía incrédula a la escena.

—¿Has oído lo que me ha llamado la Petra?

La otra asintió llena de gozo ante el cariz que tomaba el asunto. Aquel era un pueblo muy aburrido, donde normalmente no pasaba nada. Entierros y nacimientos eran los únicos acontecimientos que rompían la monotonía diaria. Por tanto, no era de extrañar que se frotara las manos ante el espectáculo tan prometedor que se le venía encima.

—No te hagas la santurrona ni pongas esa pose de mujer ofendida que tan bien se te ha dado siempre. Eres tan falsa como esa otra penca que tienes por amiga, y que en realidad te despelleja en cuanto le das la espalda.

La mentada amiga dejó de frotarse las manos cuando comprobó que ella también estaba incluida en el reparto y le reservaban un papel estelar en la obra.

—Pero si yo…

—¡A callar!

La Petra se había desmelenao y no había fuerza humana que la hiciera parar.

—Esa pose no te vale conmigo porque conozco muy bien a las de tu calaña. Es cierto que a mí me gustan los hombres; nunca lo he negado. Tres maridos he tenido y ninguno puede quejarse de lo que le he dado. Han conseguido lo que pedían y un poco más, porque haciéndolo disfrutaba yo también. Pero tú… —la miró con desdén—. De niña eras tonta hasta más no poder. Presumías de las cintas que llevabas en el pelo y nos las restregabas por la cara a las que no podíamos permitírnoslas. A los dieciséis empeoraste, y mira que eso parecía imposible. Cuando cumpliste veinte años la tontería se había convertido en prepotencia y soberbia. Ningún chico te parecía bien. El que era alto no tenía dinero; el hijo del alcalde era bajito y rechoncho, a otro le sudaban las manos. Tenías sueños de grandeza y confiabas que el hombre de tus sueños viniera a rescatarte de la miseria. Poco a poco fue pasándosete el arroz y cuando quisiste darte cuenta estabas sola, porque los chicos de tu edad ya se habían emparejado.

—No me siento atraída por los hombres. Sola estoy mejor —respondió la aludida haciéndose la ofendida.

La de los tres maridos soltó una fuerte carcajada, que hizo girarse a Juanita y desviar la atención de los admiradores que la miraban embelesados.

—¡Mientes! ¿Crees que no sé lo que haces? —la pregunta puso nerviosa a la Encarnita—. Ninguno de los vagabundos que ha pasado por el pueblo se ha ido sin probar tu cama. Creías que nadie te veía, pero yo descubrí tu secreto y lo guardaba para cuando la ocasión fuese propicia.

—¡Jijoles! —exclamó la espectadora, realmente sorprendía ante el giro que estaba dando la situación.

De lo que se entera una...

—¡Puta! —gritó la buena samaritana de los sin techo, abandonadas ya las poses de gran señora, ahora que habían descubierto su pequeño secreto.

—¡Zorra! —proclamó la acusadora.

Acabaron tirándose de los pelos, ante el estupor del grupo de hombres, y la propia Juanita, que ajena a su implicación en el inicio de la discusión, entraba en la tienda de Ceferino.

—¿Qué pasa ahí fuera? —peguntó el tendero, un hombre callado que hablaba por los codos. Le gustaba estar al tanto de todos los chismes y cotilleos del pueblo para compartirlos con sus clientes.

Salió al exterior para no perderse detalle de la discusión y la chica tuvo que esperar un buen rato a que regresara y le sirviera el pedido.

—¡Carajo que revolcón se han dao esas dos comadres! —comentó cuando regresó al interior de la tienda—. Deben ser los nervios a causa de la visita del señor gobernador.

Juana lo miró indecisa.

—¿Qué visita?

El tendero le dedicó un gesto de desaprobación.

—¿A poco no lo sabes? —movió la cabeza en gesto recriminatorio— ¡Vosotros los jóvenes no os enteráis de nada! Su excelencia el gobernador es la primera vez que honra visitar nuestro pueblo y tú ni te enteras.

—¿Cuándo viene?

—La semana que viene. Nuestro alcalde ha ordenado a la población que se prepare a recibirlo como se merece y el pueblo ha de engalanarse para tan señalado día. Todos sus habitantes estarán presentes para darle la bienvenida que merece.

—Yo no. Tengo muchas cosas que hacer.

El tendero la miró impaciente.

—¿No me has oído? Todo el mundo, sin excepción, ha de acudir a la plaza y aplaudir cuando termine el discurso.

La chica torció el gesto. Aún recordaba el soporífero discurso que dio el alcalde con motivo de las fiestas del pueblo. Si este otro había llegado a gobernador era porque se enrollaba más y su cháchara podía ser eterna.

—¿Nos hablará de cosas que no ha hecho y prometerá cosas que nunca hará? —preguntó la inocente muchacha.

El dueño de la tienda la miró perplejo.

—¡Solo eres una niña y no entiendes de esas cosas! —respondió irritado—
. Dime lo que quieres y márchate.

—Una onza de sal —solicitó ella sin saber porque se enfadaba tanto. Hacía tiempo que se había dado cuenta de que a los adultos no puedes llevarles la contraria, por muy sensata que sea tu opinión.

Pagó la sal y salió de la tienda.

En la calle los ánimos parecían haberse calmado. Las dos contendientes cosían en silencio, aunque los pelos alborotados y las miradas asesinas que se lanzaban de vez en cuando dejaban bien claro lo serio de la disputa.

Apretó el paso con intención de regresar cuanto antes a casa. Como le había dicho al tendero, tenía muchas cosas que hacer.

El ayuntamiento se gastó una fortuna engalanando el pueblo.

—*No todos los días nos visita una personalidad tan importante.*

Declaró el alcalde para acallar los conatos de quejas que se produjeron.

Se pintaron algunas fachadas y se prohibió el tránsito de animales de cuatro patas por la plaza.

En evitación de males mayores —rezó la orden municipal.

Pero siempre hay algún indocumentado que no se entera de la misa la mitad, sobre todo si eres pastor y vienes al pueblo de vez en cuando. Fabián y sus ovejas pasaron por allí dejando la plaza hecha una mierda, en sentido literal.

—*¡Haber avisado!* —se defendió el pastor cuando la gente lo increpó por haberlo enmierda todo de cagarrutas.

—*¡El pueblo está lleno de carteles de aviso!* —le dijeron, pero él ni se inmutó.

—*Cuando sepa leer haré caso de lo que ponen.*

Y ahí quedó la cosa.

Al personal no le quedó más remedio que ponerse a recoger las boñigas. Terminaron diez minutos antes de que llegara el prominente hombre. Se escuchó un ruido ensordecedor y los vecinos contemplaron boquiabiertos la llegada de un vehículo a motor. Era el primero que veían, de ahí la natural sorpresa. La mayoría se apartó a prudente distancia de aquel trasto humeante. Cuando se detuvo apareció un tipo trajeado que los saludó sonriente.

—¡Querido pueblo de San Pedro! —gritó para ser oído por todos los presentes— ¡Aquí me tenéis!

El alcalde corrió solícito y le tendió la mano.

—¡Está bien gordo el jodío! —exclamó la abuela de Juana, cuya sordera la hacía hablar más alto de la cuenta—. O come mucho o trabaja poco.

Los vecinos se echaron un par de risas con la ocurrencia de la anciana. El gobernador, como buen político que era, hizo caso omiso de la indirecta y continuó saludando a diestro y siniestro, sin dejar de sonreír.

—¿Quiere que nos vayamos a casa, abuela? —le preguntó Juana. Nunca se separaba de ella porque la adoraba.

La anciana negó firmemente.

—Antes quiero oír lo que tiene que decir este pasmarote.

Juanita sonrió divertida. Tenía la impresión de que el político no tardaría en arrepentirse de tenerla allí.

—Me tenéis a vuestra disposición. Preguntad lo que queráis y trataré de responder lo mejor que pueda.

—¿Cuándo viene el señor Zapata?

La pregunta de la abuela atenuó su sonrisa, aunque no la hizo desaparecer del todo.

—Eso no va a ser posible, señora. Emiliano Zapata murió asesinado el año pasado.

—Vaya…—la anciana puso cara de contrariedad al oír la triste noticia— ¿Y quién defenderá ahora a los campesinos?

Esa era la clase de pregunta que el político aguardaba para sacar a la luz todo su arte imagino-interpretativo.

—¡Un servidor! —declaró con fingida alegría.

La abuelita lo miró de arriba abajo y no pareció muy convencida de lo que veía.

—Perdona hijo, pero no te veo yo defendiendo a nadie. Don Emiliano era un cuate de pelo en pecho y bigote varonil. Daba gusto verlo con la espada en el cinto—le pegó otra mirada harto significativa y concluyó— ¡A ti no te confiaría ni a mi chiguagua!

El respetable pueblo prorrumpió en fuerte carcajada al ver como la tierna abuelita ponía a caldo al encopetado político.

El gobernador miró al alcalde solicitando ayuda. Aquella pendeja le estaba pisando el discurso.

—Señora María, haga el favor de dejar hablar a don Gonsalo—le recriminó el edil, antes de que la terca anciana le arruinase el día. Tenía depositadas grandes esperanzas en su visitante y deseaba que se marchara satisfecho. Consciente de su habilidad para la política, estaba convencido de que algún día llegaría a la presidencia de la nación. En ese caso podría recomendarlo para que ocupara la plaza de gobernador que quedaría libre.

¿Pero cómo iba a recomendar a un hombre incapaz de controlar un pueblo tan pequeño como aquel?

—Si lo dejo, pero antes ha dicho que podíamos preguntar lo que quisiéramos y yo pregunto—hizo una pausa y se recolocó el pañuelo de la cabeza—¿O quería decir que solo podíamos preguntar lo que a él le interesaba que preguntáramos?

Ahora fue el alcalde el que no supo que decir y tuvo que ser el político quien cambiase de conversación para sacarlo del apuro.

—¿Esa chica tan encantadora es su nieta? —preguntó el gobernador señalando a Juana.

—Sí, señor—respondió la orgullosa abuela—. Mi Juanita es un sol. El hombre que se la lleve podrá considerarse muy afortunado.

La joven enrojeció cuando sintió que todas las miradas convergían en ella y algún que otro de los espectadores del otro día asentía embelesado.

—Estoy completamente de acuerdo con usted—reconoció el político, mirando fijamente a la nieta.

Algo en esa mirada no le gustó a la muchacha, aunque no supo decir qué era.

El mandatario prometió que atendería personalmente las peticiones de la comarca.

—Las que escapen a mi jurisdicción las expondré cuando acuda a la capital y me reúna con el presidente.

—¿Cuál de ellos? —preguntó Ceferino.

—¿Cómo dice?

—¿Qué con cuál presidente va a reunirse? Lo digo porque este año llevamos tres. A Carranza, De la Huerta y Obregón les han dao el changazo antes de que tuvieran tiempo de cogerle el gusto a eso de ser presidente. Vete tú a saber si mientras estamos hablando no han elegido al cuarto cuate.

El alcalde suspiró. La visita del gobernador se estaba convirtiendo en un auténtico fracaso. Debió de suponerlo, sabiendo cómo eran las gentes de aquel pueblo.

—Vayamos a mi casa. He preparado una comida digna de usted—ofreció en un intento desesperado de ganarse su confianza y enmendar la mala imagen ofrecida.

—¡Con mucho gusto!

Los dos mandatarios, y un grupo de elegidos formados por las fuerzas vivas del pueblo, se dirigieron a la antigua villa colonial propiedad del alcalde. El resto de vecinos se dispersó, dando por terminada la reunión.

—Ese chingón tiene pocas luces. Llegará a presidente—pronosticó la abuela cuando la comitiva desapareció de su vista.

—Da lo mismo que gobierne uno que otro. A nosotros poco nos va a afectar—comentó uno de los vecinos y los demás asintieron dándole la razón.

—¿Qué has hecho hoy para comer? —preguntó el padre de Juana a su esposa.

—Enchiladas.

—¡Pos ándele que pa luego es tarde!

Los integrantes de la familia se pusieron en marcha y al rato ni se acordaban del gobernador.

Un mes después ocurrió la desgracia.

—¿Dónde está Juanita? —preguntó la abuela cuando vio que la chica no se sentaba en la mesa.

—Ha ido a por agua. No tardará.

Transcurrió una hora y no regresaba.

—Qué raro. Voy a buscarla.

El padre se acercó al pequeño arroyo en el que se abastecían de agua. La buscó por todas partes sin encontrar rastro.

—No está—informó a su regreso.

—¿Cómo que no está? —preguntó su mujer sin el menor rastro de nerviosismo en la voz. Aún tendrían que pasar muchas horas para que hiciera acto de presencia la desesperación—. Seguro que no has buscado bien.

—A lo mejor está en casa de su amiga Elena—sugirió la abuela.

—¿A la hora de comer? Juana es muy responsable y no hace ese tipo de cosas.

—¿Entonces dónde está?

La pregunta quedó flotando en el aire.

A medida que la noche se iba echando encima el nerviosismo comenzó a dejarse ver en los rostros de sus familiares. Un grupo de voluntarios equipados con antorchas y perros de caza salieron a buscarla. Fue inútil. Se la había tragado la tierra.

—¡Mi niña! —gritó la madre cuando le comunicaron la amarga noticia.

La noticia de su desaparición corrió de boca en boca. En el pueblo no se hablaba de otra cosa. Unos decían que se había marchado, harta de trabajar como una mula. Los más maliciosos aseguraban que su desaparición respondía a la llamada de la carne, que la joven había sentido cuando un forastero le pidió que huyera con él.

Seguro que estará gozando como perra en celo y nosotros aquí todo preocupadotes...

Pero en general nadie sabía a ciencia cierta dónde estaba la bella chica, ni que podía haberle sucedido para que desapareciera tan misteriosamente. No sospechaban que la realidad superaba con creces a la peor pesadilla que pudieran haber imaginado.

Juanita abrió los ojos y no vio nada.

No escuchó nada.

No sintió nada.

Estoy muerta y este vacío absoluto es lo que se siente cuando has dejado de respirar y el corazón se detiene.

Tal vez esa era la respuesta: su corazón había fallado quitándole la vida.

¿Pero entonces por qué notaba ese dolor en la cabeza y su cuerpo temblaba de frío?

Un recuerdo vago quiso abrirse camino en su mente, pero estaba tan embotada que no lograba concentrarse.

La boca pastosa, como si hubiese masticado barro, también le ayudaba a comprender que seguía con vida.

Trató de moverse sin conseguirlo. Su cabeza giraba violentamente provocándole náuseas y vértigo. Por un momento creyó que iba a vomitar, pero se contuvo. La angustia y el miedo le oprimían la garganta impidiéndole respirar con facilidad. Procuró tranquilizarse con la intención de descubrir dónde se encontraba. Por fin pudo concentrarse y entonces recordó que fue a por agua al rio, se agachó en la orilla y de repente la oscuridad lo envolvió todo.

Solo podía haber una respuesta válida:

¡Me han enterrado viva!

Conocía casos de gente, a la que creyendo muerta habían dado sepultura, solo para descubrir unos años después, cuando desenterraron el cuerpo y vieron el ataúd arañado por dentro, que su muerte había sido mucho más horrible de la que sus familiares creían.

Eso explicaría la oscuridad y porque no podía moverse.

—¡Socorro! —gritó con todas sus fuerzas, con la vana esperanza de que alguien pasase frente a su tumba y la oyera.

¿Pero quién iba a oírla con un metro de tierra sepultándola?

Lloró desconsoladamente mientras se preguntaba porque era tan cruel la vida. Nadie merecía una muerte tan horrible como esta, y mucho menos ella; siempre que podía ayudaba a los demás sin pedir nada a cambio.

Tranquila. No durará mucho. El aire se agotará enseguida y morirás asfixiada.

Ese pensamiento logró tranquilizarla. Puestos a morir mejor hacerlo por la vía rápida que sufrir una lenta agonía.

Cerró los ojos y esperó pacientemente a que llegase su hora.

Pero aquel ataúd debía de ser muy grande porque mucho después seguía respirando y las dudas comenzaban a asaltarla.

Algo no cuadraba.

¿Si pensaban que estaba muerta por qué me han atado?

En efecto, algo la sujetaba de pies y manos, impidiendo que pudiera moverse.

Por más que le dio vueltas en su cabeza no encontró respuesta a esa duda. Y lo peor de todo era que sentía una necesidad fisiológica que no podía posponer.

Tuvo que orinarse encima cuando la necesidad se hizo irresistible. Al principio sintió vergüenza, pero luego se llamó idiota a sí misma en cuanto comprendió que nadie iba a enterarse de su desliz.

Cuando la angustia amenazaba con volverla loca se escuchó un ruido. Mantuvo la respiración deseando que el sonido volviera a producirse y la fortuna le sonrió esta vez. No era más que un roce ligero, parecido al que se produce al desplazar lentamente un objeto pesado. Tal vez el encargado del cementerio estuviera barriendo cerca de allí

—¡Socorro! —gritó mucho más animada.

Le respondió el sonido de pisadas apagadas, normal si tenemos en cuenta que se encontraba por debajo del nivel del suelo. Pero cuando esas pisadas fueron acercándose y ganando en intensidad comenzó a sentir una extraña sensación en el estómago. Parecía evidente que habían depositado su cuerpo en algún espacio subterráneo.

Desde luego ya podía ir descartando que la hubiesen enterrado creyéndola muerta.

Partiendo de esa base solo quedaba otra explicación:

¡Me han raptado!

Eso explicaría las ataduras.

Se escuchó el sonido inconfundible de un cerrojo al descorrerse y la luz de un candil iluminó la habitación. Tardó un rato en acostumbrar su visión al brusco cambió de luz y cuando lo hizo descubrió la silueta de un hombre fornido plantada frente a ella. También observó horrorizada que la habían atado a un catre con una especie de cintas que desconocía.

—¿Cómo estás, querida?

Esa voz...

Estaba segura de haberla oído antes. Necesitó de un tiempo para situarla en su cabeza y cuando lo hizo gritó de alegría.

—¡Señor gobernador! Ha venido usted en persona a rescatarme.

El político que recientemente visitó su pueblo dejó el candil en el suelo y se acercó al lugar donde estaba tendida.

—Estás en lo cierto pequeña. Soy tu rescatador —manifestó con voz emocionada—. Voy a rescatarte de la miserable vida a la que te verías abocada si yo no hubiese intervenido.

La chica no entendió a qué se refería, pero algo en la expresión del hombre, que creía su rescatador, la llenó de incertidumbre. Su alegría se mitigó cuando reconoció esa mirada: era la misma que le dedicaban los ancianos del parque cuando pasaba frente a ellos.

—¿Va a liberarme? —preguntó mucho más desanimada y dubitativa que hace un rato.

La mirada del gobernador se clavó en su blusa, en el lugar que ocupaban los pechos, que ahora se agitaban violentamente debido a lo rápido que respiraba.

—Me temo que no va a ser el tipo de rescate que tú esperas.

—¿Qué quiere decir?

Los malos presagios comenzaban a confirmarse.

—Que vas a ser mi invitada durante un tiempo.

—¿Invitada?

Juana miró las correas que la mantenían retenida.

—He tenido que adoptar algunas medidas drásticas, de lo contrario no habrías aceptado mi invitación y te perderías lo que voy a darte— respondió con un deje de sarcasmo que no hizo más que aumentar la preocupación de la joven—. Al principio te mostrarás reacia y no querrás participar, aunque no te preocupes pues es normal; todas lo hacen, pero en cuanto lo prueban ya no pueden dejarlo. Habéis nacido para amar y tan solo necesitáis que el hombre adecuado despierte vuestros instintos ocultos. La estricta educación religiosa que os dan bloquea vuestras mentes haciendo que perdáis un tiempo precioso. Seguro que tu madre te ha dicho cientos de veces que has de reservarte para el que algún día será tu marido...¡Qué estupidez! Te aseguro que él no piensa reservarse para ti. Se acostará con todas las mujeres que pueda, mientras pierdes los mejores años de tu vida esperando a que se decida a pedirte en matrimonio. Será la única cosa que compres sin probarla antes. ¿Y si luego no te gusta o te viene demasiado grande? —el gobernador sonrió con malicia—. Al menos un par de zapatos puedes devolverlos, pero un mal marido es para toda la vida.

La chica asistía incrédula a la disertación del político, sin dar crédito a lo que oía. Sus palabras confirmaban sus temores, pero aún le costaba un gran esfuerzo aceptar que el adalid del bien pensar fuese quien la hubiera privado de su libertad. ¿Cómo era posible que aquel hombre público, ejemplo en el que debían fijarse los demás, se dedicase a secuestrar jovencitas? ¿Tan podrida estaba la sociedad?

Las siguientes palabras que pronunció no hicieron más que acrecentar las malas sensaciones que tenía desde un rato antes.

—Remedios tardó más tiempo de lo normal en comprenderlo. Muy a mi pesar tuve que mostrarme excesivamente duro con ella—explicó cariacontecido—. Pero estoy convencido de que contigo no serán necesarios métodos tan expeditivos.

Su mirada se desvió hacia un objeto que descansaba sobre una pequeña mesa, único mueble de la habitación, si exceptuamos el catre donde estaba atada.

¡Un látigo!

El vello se le erizó cuando imaginó los estragos que aquel objeto de tortura podía hacer en su cuerpo.

Un oscuro pensamiento le sobrevino cuando se planteó qué habría sido de esa Remedios tan poco comprensiva, que no había querido someterse por las buenas a los designios de ese cerdo.

Ahora sí tomó consciencia de la grave situación en que estaba inmersa, y recordó las palabras de su abuelo cuando narraba a todo aquel que quería oírlo lo que sintió en cierta ocasión en que quedó atrapado en el interior de la mina donde trabajaba:

Hay momentos en que prefieres estar muerto para no seguir sufriendo, y no te importa nada más. Pides a la Virgensita que te lleve y es lo único que deseas de verdad.

Por aquel entonces no entendía esa postura tan pesimista.

¿La entendería ahora?

Mucho temía que la respuesta iba a ser afirmativa.

¿A cuántas chicas más habría secuestrado, violado y asesinado?

La confirmación del triste destino que le aguardaba hizo que se le saltaran las lágrimas.

—No llores, pequeña—el pervertido la acarició con ternura.

Eso era mucho más de lo que podía soportar. No caería en el error de dejarse engatusar por el mismo hombre que la había metido en esa pesadilla.

—¡No me toques! —gritó apartando la cara, y tuteándolo como muestra del desprecio que sentía—. Eres un cerdo inmundo.

La expresión del gobernador cambió por completo al oír aquellas duras palabras. Sus ojos emitían destellos de una irracionalidad próxima a la locura.

—No has debido decir eso.

Se levantó del catre, se acercó a la mesa donde reposaba el siniestro látigo de seis puntas, lo cogió con delicados movimientos y regresó al lugar donde Juana estaba atada.

La chica lo miró horrorizada y trató de enmendar su error.

—Lo siento. No pretendía ofenderlo.

—Me he equivocado contigo. Eres tan estúpida como las otras.

El látigo restalló en sus piernas provocando un fuerte dolor y el grito de agonía propio de un animal herido.

El sádico golpeó una y otra vez hasta que el dolor le hizo perder el conocimiento.

Despertó con la sensación de estar sola de nuevo, aunque no tardó en percatarse de su error. La habitación estaba a oscuras y eso le impidió descubrir la presencia del gobernador. Fue algo después de recuperar el conocimiento cuando escuchó una respiración entrecortada y supo que era él.

—¿Duele? —preguntó su torturador con voz serena. Nada tenía que ver con la del animal cargado de odio que la había golpeado con saña—. Siento lo que ha pasado. No quería hacerlo, pero tú me obligaste. Pretendo ser tu amigo y a cambio me insultas.

Aquel hombre estaba loco.

¿Cómo pretendía que fuera su amiga si la retenía en contra de su voluntad?

En este caso no respondió, creyendo que así escaparía del castigo. Obtuvo el efecto contrario.

—¿No quieres hablar conmigo? ¿Sigues rechazándome a pesar de los regalos que te hago?

Esas palabras la dejaron perpleja.

¿De qué regalos hablaba?

—Todos se burlan de mí y me insultan porque te amo —añadió el secuestrador.

La chica no salía de su asombro. Era incapaz de comprender qué le pasaba a ese hombre. Una vieja historia que contaba su abuela ayudó a resolver el enigma.

—*Perico tenía dos vidas. Cuando estaba normal era el pobre desgraciado que no tenía donde caerse muerto. Se ganaba la vida reparando calzado y jamás pronunciaba una palabra de más, aunque le tiraras de la lengua. Pero en cuanto se transformaba se convertía en un don Juan que se te arrimaba todo lo que podía y charlaba por los codos. A veces la transformación le duraba un día entero; entonces era mejor no aparecer por la zapatería si no querías que te metiera mano y acabaras con dolor de cabeza.*

—*¿Estaba loco?* —preguntaba la nieta, a la que le encantaba oír hablar a su abuela.

—*No lo sé, hija; y si lo estaba no era peligroso. Bastaba con darle una palmada en la mano para que te dejase tranquila. Poco después regresaba a su mundo interior y no salía de allí en muchos días.*

¿Al gobernador le ocurría lo mismo?

Probablemente.

Partiendo de esa presunción debía hallar una forma de escapar con vida. Y tenía que ser rápido porque no sabía cuánto tiempo tardaría en cansarse de ella.

¿Alguna de las otras chicas se había planteado lo mismo?

De ser así parecía evidente que ninguna había logrado dar con la respuesta acertada.

Piensa Juanita o estás lista.

El empleo de la fuerza lo descartó al instante. El gobernador era un hombre robusto que la doblaba en tamaño.

Debería emplear la astucia.

¿Implorando que la liberara, tratando de apelar a su buen corazón?

Sin duda así actuaron las demás y ahora estaban muertas.

Esa no era la solución. Ella tenía que hacerlo mucho mejor que las otras cautivas o no saldría viva de aquella habitación. Necesitaba recabar más información para planificar mejor la estrategia a seguir. Y mucha precaución. Un paso en falso y se daría cuenta de lo que pretendía.

No ha llegado a gobernador dejando que lo engañen.

—El último regalo me gustó mucho.

Una vez pronunciadas las palabras cerró los ojos y rezó para que fueran las correctas.

—¿De verdad? —la voz ilusionada de su captor supuso un gran alivio para ella.

—¿Cuándo me harás otro?

Se escuchó un movimiento brusco y el miedo regresó con más fuerza que antes. Temía sentir en cualquier momento el mordisco del látigo, pero lo único que sucedió es que el candil volvió a encenderse y apareció el rostro risueño de su captor.

—¡Ahora mismo! —exclamó todo felicidad.

Le recordó a uno de esos niños mimados que se apresuran a abrir un paquete el día de su cumpleaños.

El carcelero se dirigió hacia la puerta.

—Lo tengo arriba. Estoy seguro de que va a gustarte más que el otro. Vuelvo enseguida.

La abrió, y cuando parecía que iba marcharse, se detuvo y regresó a su lado. Algo había cambiado en su expresión. Su rostro era la fiel imagen de la demencia.

—¡Puta!

El brutal puñetazo que acompañó al insulto desvió ligeramente su tabique nasal. La sangre brotó con fuerza recorriéndole el cuello.

—¿Crees que no me doy cuenta de lo que estás haciendo? —preguntó con desprecio y ella perdió toda esperanza de salir de allí con vida—. Sé que no me amas. Pretendes reírte de mí y abusar de mi inocencia. En cuanto nos casemos te acostarás con otro.

A pesar del terrible dolor que emanaba de la nariz rota sintió una gran alegría. No se había dado cuenta de su estratagema y seguía tomándola por esa otra chica cuyo nombre desconocía. Al menos tenía un asidero al que agarrarse. Que fuera capaz de convencerlo de que lo amaba ya era otro cantar.

¿Cómo se llama?

Necesitó un tiempo para recordar el nombre del gobernador y cuando lo consiguió trató de hacer más personal su relación.

—No es cierto, Sebastián. Sabes que te seré fiel mientras viva.

La expresión del político se suavizó considerablemente.

—¿Lo dices en serio?

Juana puso todo el convencimiento que fue capaz de reunir y afirmó vehemente:

—Solo tengo ojos para ti. Los demás son vulgares a tu lado. Nunca me enamoraría de otro hombre después de haberte conocido.

En sus ojos se estableció la duda hasta que acabó disipándose y sonrió. Se acercó y la abrazó. Ella contuvo la respiración y no hizo nada contraproducente, como en la anterior ocasión en que la acarició.

—Pero que es esto…¡Tienes sangre!—exclamó alarmado, dando la impresión de no saber de dónde procedía, ni quien se la había causado.

Dios mío ¡Está mucho más loco de lo que creía!

Sacó un pañuelo y limpió la sangre que corría por la cara de la joven. Lo hizo con tanta delicadeza que por un momento Juana creyó que era su madre quien lo hacía.

—¿Cómo te has hecho esa herida? Debes tener más cuidado con las caídas. Puedes romperte algo y quedar malherida.

Terminó de limpiar la sangre reseca y se marchó sin decir nada más. Cuando regresó venía cargado con una cesta de mimbre.

—¡Aquí está mi regalo! Lo he comprado para ti. Son jabones y perfumes recién traídos del extranjero. Valen una fortuna, pero tú te mereces lo mejor.

Dejó la cesta en el suelo y comenzó a sacar frascos, que mostró orgulloso.

—Gracias querido. Té seguro que en cuanto pueda utilizarlos haré buen uso de ellos—respondió la chica con sonrisa agradecida y miró significativamente las correas que la mantenían atada a la cama.

—Pero, ¡qué tonto soy! Ahora mismo te desato.

Comenzó a soltar las correas y volvió a sufrir el cambio. Esta vez estaba preparada y recibió el golpe en la mejilla, gracias a que giró la cabeza en el último instante.

—¿Me tomas por idiota? En cuanto te suelte saldrás corriendo a reunirte con tus amigos y no volveré a verte.

Apretó de nuevo las correas, esta vez con más fuerza, y abandonó la habitación.

El llanto de Juana continuó mucho después de que el eco de sus pasos se apagase por completo. Si alguna vez había sufrido una pesadilla, de esas que te obligan a despertar jadeando, y durante un tiempo te planteas la posibilidad de seguir inmerso en ella, acababa de descubrir que la realidad en que estaba sumida era mucho peor que la más fea de las pesadillas.

—¿Me quieres?

—Sabes que sí. Eres el único hombre de mi vida

Esa conversación se repetía una y otra vez, pero hasta el momento no había surtido efecto la estrategia de la chica.

No se cansaba de intentarlo porque era la única estrategia válida.

Los cambios bruscos en el carácter del gobernador eran constantes y cada vez más imprevisibles. Lo mismo la acariciaba con ternura que la golpeaba de manera despiadada. Por suerte parecía haberse olvidado del látigo y no había abusado sexualmente de ella.

—¿Entonces por qué te ríes de mí?

La cautiva recibió la pregunta con esperanzas renovadas. Era la primera vez que hacía alusión al tema que lo traumatizaba. Cuanto más supiera de su pasado más probabilidades tendría de encontrar las palabras precisas que le permitieran salir con vida de aquella trampa mortal.

Ahora debía de andarse con ojo para ganarse su confianza, por eso eligió qué palabras decir a continuación.

—Nunca me he reído de ti. Eran los otros quienes lo hacían—aventuró indecisa—se preparó a recibir el golpe, pero este nunca llegó. Feliz por haber dado con la respuesta adecuada, continuó por el mismo camino— ¿Te dolió que lo hicieran?

En el rostro del gobernador apareció una expresión de odió como nunca había visto.

—¡Claro que me dolió! Decían que el cerdito volaba demasiado alto al querer cortejar a la chica más guapa del colegio.

Juana imaginó la escena: un niño gordito y acomplejado al que todos vejaban e insultaban con la crueldad propia de la edad infantil. Tiene el mismo derecho que los demás de sentirse atraído por la belleza femenina, pero en cuanto sus compañeros se enteran le hacen la vida imposible. Aquello le supuso un trauma que no logró superar y con el tiempo acabó pasándole factura en forma de trastorno mental.

A pesar de la dramática situación en la que estaba inmersa no pudo evitar sentir lástima. La sociedad con sus estereotipos y formas de pensar prefijadas puede llegar a ser muy cruel con los que no cumplen los requisitos.

—Nunca lo supe —respondió con voz suave —. De haber sabido que estabas interesado en salir conmigo habría accedido. Entonces nadie se habría reído de ti.

La expresión taciturna desapareció hasta el punto de que Juana pudo ver en su rostro destellos del niño que algún día fue.

—¿Lo harías ahora?

Esa era la oportunidad que buscaba.

—¡Desde luego! Saldremos juntos y se morirán de envidia cuando te vean conmigo.

El rostro del político sufrió un nuevo cambio a peor, por lo que temió que volcara su frustración en ella. Pero en este caso se limitó a mirarla con tristeza

—Me temo que ya no es posible —comentó apenado —. Mi mujer pediría el divorcio si se enterara que voy con otra. No siento nada por ella y hace tres años que no mantenemos relaciones íntimas, pero no puedo permitirme el lujo de que me abandone. Es la hija de un terrateniente y necesito su dinero e influencias para alcanzar el objetivo que me he propuesto, que no es otro que llegar a la presidencia de la nación.

Juana sintió nauseas cuando pensó en esa posibilidad. Cuanto más poder alcanzase más intocable sería y ninguna chica del país estaría a salvo de aquel sádico asesino.

Tengo que acabar con este degenerado a cualquier precio.

—Pero si quieres podemos vernos en secreto. Este será nuestro nidito de amor —se acercó y la besó en la boca —¿Te parece bien?

—Lo que tú digas... —respondió la joven, conteniendo a duras penas la necesidad de apartar la cara.

La respuesta pareció satisfacerlo.

—En ese caso voy a soltarte.

Soltó las correas con gran alivio de la joven, aunque eso no supuso que pudiera moverse libremente, ya que las correas las sustituyó por una cadena sujeta a su pierna izquierda mediante una argolla cerrada con un candado.

—Lo hago por tu bien. No quiero que te lastimes en la escalera. La cadena te permitirá recorrer la habitación mientras esperas a que yo llegue —se palpó uno de los bolsillos de su chaleco—. Aquí está la llave del candado. En el momento en que lo crea oportuno la utilizaré y podrás salir fuera.

Le dio otro beso y se marchó.

Cuando sus pasos se perdieron en el piso superior liberó toda la alegría que sentía. Había dado un paso gigante hacia la salvación.

Era consciente de que en cualquier momento podía aparecer el sádico perturbado y desplazar a un lado al jovencito ilusionado, pero al menos la había liberado de las correas y acababa de marcharse sin golpearla.

Con eso bastaba de momento.

Se incorporó y recorrió la celda, sintiéndose libre por primera vez desde que estaba cautiva. Las ataduras le habían producido marcas en la piel y sus agarrotados músculos se negaban a moverse, pero se forzó a hacerlo, para recuperar cuanto antes la movilidad. Caminó en circulo un buen rato y después se desnudó por completo con intención de librarse del olor a orina y sudor. La inmovilidad la había obligado a hacerse encima sus necesidades, algo denigrante para una persona tan limpia como ella. Retiró la vieja manta que cubría el camastro y la arrojó en el rincón más apartado, junto con su ropa. Caminó otro buen rato y después se acostó. Permaneció inmóvil pensando detenidamente en los pasos que debía dar a continuación. En esa postura la sorprendió el sonido del cerrojo al descorrerse. No esperaba que regresase tan pronto y tuvo que plantearse deprisa y corriendo qué hacer con su desnudez, consciente de que esa decisión podía ser trascendental para su futuro. Si le mostraba abiertamente su cuerpo podía creer que estaba acostumbrada a desnudarse delante de los hombres y tomarla por una mujer pública; sería fatal para el buen fin de lo que se proponía.

Decidió mostrarse recatada y acertó de pleno.

El gobernador abrió la puerta y la vio desnuda, tratando de taparse inútilmente con las manos. Quedó petrificado y tardó en reaccionar. Era la joven mejor dotada que había visto jamás.

—¿Por qué te has desnudado? —preguntó con desconfianza.

—No podía soportar el mal olor que desprendía mi ropa. Quiero estar limpia para ti y esa ropa apestaba.

Señaló el fardo del rincón.

La explicación pareció convencerlo.

—Traeré una manta limpia, pero ropa de tu taya no tengo. Tendrás que conformarte con una camisa mía.

Juanita asintió.

—Pero tráeme una que esté usada. Me encantará llevar puesto algo que haya estado en contacto con tu piel.

La solicitud lo complació por completo. Así lo reflejó su cara cuando se agachó y recogió la ropa sucia.

Se marchó de nuevo y regresó poco después. Traía la camisa y una manta , que la chica se apresuró a colocar sobre su cuerpo mientras se vestía. La camisa era tan grande que le llegaba hasta las rodillas, dando la sensación de que llevaba puesto un vestido.

Tanto mejor.

—Eres preciosa—dijo su captor con los ojos inyectados por el deseo.

Juana temió que se arrojase sobre ella y la violara en ese mismo instante y un pánico cerval le apretó las entrañas.

—Debes aguardar hasta que esté dispuesta. Ten en cuenta que será mi primera vez y quiero dar lo mejor de mí misma para que sea especial—explicó tratando de guardar la compostura y que no se notara el pánico que sentía.

—¿Lo estarás mañana?—preguntó esperanzado.

¡No lo estaré nunca!

—Dame un poco más de tiempo. Si tienes paciencia prometo que no te arrepentirás.

—De acuerdo. Esperaré hasta la próxima semana y una vez transcurrido ese tiempo serás mía—Juana suspiró aliviada, aunque evitó que su cara reflejase ese alivio. Su estrategia había dado resultado y ahora tenía siete días para prepararse—. Si en verdad me amas tanto como dices, te entregarás en cuerpo y alma. En caso contrario…

Dejó la frase inconclusa, pero quedó claro a qué se refería.

—No te defraudaré.

Le sonrió con calidez, mientras pensaba lo que sería tener que soportar aquella carne fofa sobre la suya.

¿Gritaría y trataría de apartarlo?

En ese caso no viviría mucho tiempo. Su única posibilidad de salir bien librada pasaba por mantener el control en todo momento. Solo así lograría lo que pretendía. Difícil, pero no imposible.

—De todas formas, ahora puedes darme un adelanto de todo eso que prometes.

Lo miró atónita, sin acabar de entender del todo lo que pretendía.

—¿Adelanto? —preguntó alertada por la petición y sus ojos desorbitados vieron cómo se desprendía de los pantalones. No llevaba ropa interior por lo que su pene quedó a la vista. Ella había visto el de sus hermanos pequeños, y hasta le parecieron graciosos en su momento, pero esa cosa arrugada y llena de vello púbico era realmente horrible.

—Chúpamela.

Juana creyó que no había oído bien.

—No sé a qué te refieres.

—Pues está claro. Las francesas lo hacen y a sus maridos les parece muy bien —aseguró avanzando un paso hacia ella. Los pantalones caídos y esa cosa flácida colgando le habrían dado un aspecto cómico de no haberse encontrado en una situación tan dramática—. Métetela en la boca y acaríciala con la lengua.

El asco que sintió ante esa posibilidad solo podía comparase con el miedo a que la golpeara brutalmente si se negaba. Aún recordaba el golpe que le había desviado el tabique nasal y no quería volver a pasar por eso.

¿Pero meterse en la boca esa cosa repugnante, que incluso desde allí apestaba?

Vomitaré y se dará cuenta de que finjo.

El gobernador avanzó hasta ponerse a su lado y le colocó el pene a la altura de sus labios.

—Adelante. Veamos qué sabes hacer.

Juana contuvo la respiración, cerró los ojos y se dispuso a padecer la mayor humillación de su vida. El bastardo pinzó con una mano su nariz obligándola a que abriera la boca, y se la metió sin miramientos.

Ahora que la tenía dentro aun sentía más repulsión. Hizo un esfuerzo sobrehumano para contener las arcadas que le venían en oleadas y se quedó muy quieta.

—¡Chupa, guarra!

Le dio un tortazo y ella movió la lengua alrededor del glande. Lo hizo durante un tiempo que pareció no terminar nunca, hasta que el degenerado la apartó de un empujón y se subió los pantalones.

—¡No eres más que otra desgraciada sin experiencia! Ni ponérmela dura has sabido. Confío en que tu coño esté más preparado para recibir mi polla o te lo haré pagar caro.

Salió de la mazmorra y ella descargó toda la tensión de los últimos minutos; primero vomitó y luego se dejó arrastrar por las lágrimas.

La semana de preparación que le otorgó transcurrió mucho más deprisa de lo que hubiera deseado. A medida que se acercaba el día señalado, iba aumentando el atrevimiento del pervertido: le manoseaba los pechos y su lengua penetraba más profundamente cuando la besaba. En más de una ocasión temió que las arcadas delataran su verdadero estado de ánimo, pero finalmente logró controlarse como se había prometido a sí misma.

El día de antes le llevó agua, comida y una pastilla de jabón con intención de que pudiera asearse para tan señalada ocasión.

Cuando la puerta se abrió el séptimo día después de la conversación, ya estaba preparada para llevar a cabo el plan previsto.

—¿Me has echado de menos? —preguntó con sonrisa prepotente.

—Mucho. No puedo resistir más tiempo —respondió tan convencida, como puede estar alguien a quien van a destrozar física y mentalmente.

—¡En ese caso no voy a hacerte esperar!

Se desnudó con rapidez y se acostó a su lado. En esta ocasión ya venía preparado, consciente de la inutilidad de los acercamientos previos. El pene erecto parecía una proyección del mal que ese hombre llevaba dentro.

Al verlo tan grande estuvo a punto de gritar.

¿Cómo pueden las mujeres meterse esa cosa sin que las desgarre por completo?

Abrió los brazos para recibir ese cuerpo tan desagradable y cuando lo tuvo encima se abrazó con fuerza. Iba a perder la virginidad de la peor manera posible, pero al menos tendría una posibilidad de escapar con vida. Solo tenía que esperar el momento justo, y entonces…

Cerró los ojos y dejó que la manoseara.

Pasará rápido —repitió mentalmente y trató de relajarse todo lo posible.

El cerdo gruñó como tal y se dispuso a penetrarla sin el menor miramiento. Mucho mejor. Cuanto antes soltase su semilla, antes se libraría de él. Encontró la resistencia del himen y empujó con más fuerza. El dolor fue tan intenso que la obligó a arquearse, pero no había forma de escapar de esa mala bestia, que maldecía y bufaba por el esfuerzo.

Que distinto habría sido en caso de haberlo hecho con un chico de su edad.

Logró vencer la resistencia que ofrecía la membrana y penetró hasta el fondo. El golpe fue tan brutal que pensó que la partiría por la mitad. Aquello era mucho más horrible de lo que había supuesto. Notó que la sangre recorría sus muslos y temió desangrarse, aunque nada de todo eso podía compararse con el asco que sintió cuando el cerdo baboso y maloliente trató de meter la lengua en su boca. Lo había hecho en varias ocasiones, pero ahora apestaba a alcohol y ajo. Retiró la cara, aun a sabiendas de que no habría de gustarle y volvería a golpearla, como ya sucedió la anterior vez que lo intentó.

—¿Qué haces, perra?

El puñetazo que le propinó en uno de sus costados la dejó sin aliento. Abrió la boca en busca de aire y se encontró otra vez con su lengua.

Tengo que hacerlo ahora. No aguanto más.

Bajó la mano en busca de la astilla de madera que había arrancado de ese mismo camastro donde la estaba violando. Le costó mucho obtenerla, pero una vez afilada frotándola contra el suelo de piedra, se convirtió en un arma temible. Un golpe seco y ese hijo de puta dejaría de ser un problema.

Su plan inicial pasaba por aguardar a que llegara el orgasmo. Sabía lo suficiente del tema para tener en cuenta que al eyacular es cuando los hombres se muestran más vulnerables. Pero una cosa es lo que uno prepara y otra muy diferente lo que te permiten las circunstancias. Y las presentes la obligaban a actuar sin dilación. Un minuto más y comenzaría a gritar sin poder contenerse, echándolo todo a perder.

Palpó el suelo en busca de la astilla, pero no la encontró. El nerviosismo se apoderó de ella. No había calculado bien su posición y ahora quedaba lejos de su alcance.

—¡Muévete o volveré a pegarte!

La exigencia de su captor le dio la oportunidad que buscaba; giró ligeramente el cuerpo (mucho más no podía hacer porque el gobernador seguía aplastándola con su corpachón) con un titánico esfuerzo, que maquilló haciéndole creer que lo hacía para satisfacer su deseo, y entonces sí pudo alcanzarla.

¡La tengo!

No esperó más y levantó la mano, dispuesta a asestar el golpe mortal, pero entonces ocurrió algo imprevisto.

¡No puedo!

Su mano quedó paralizada en el aire, justo detrás de la nuca que debía hendir la astilla. Matar la primera vez no es fácil, aun cuando la víctima sea un ser abominable merecedor de mil muertes.

Bajó nuevamente el brazo, soltó la astilla y comenzó a llorar suavemente.

Lloraba por la vida que iba a perder.

Moriría por no haber tenido el valor de matar.

Ni siquiera notó que su carcelero daba el último empujón y comenzaba a derramarse dentro de ella.

—¿Ya no me amas?

El tono de voz que empleó el depravado político para realizar la pregunta la devolvió de golpe a la realidad. Algo había cambiado en su voz que no le gustó en absoluto. Ya no hablaba como el muchacho indeciso y perturbado sicológicamente por los traumas de su niñez. Ahora parecía un político de verdad, después de haberse salido con la suya a base de mentiras y falsas promesas. Esa clase de depredador que ya no necesita seguir engañando a su víctima, porque la tiene entre sus garras y sabe que no va a escaparse.

Su pene colgaba flácido fuera de la vagina, pero el cuerpo seguía aplastándola.

Juana lloró con más fuerza y el gobernador soltó una fuerte carcajada.

—Eres una zorra tan estúpida como las otras —sus manos se cerraron con fuerza sobre la garganta de la indefensa joven—¿De verdad creías que iba a tragarme esa bonita historia de amor que me contaste? —bufó divertido, pero a ella no le hizo la menor gracia—. El pobre gordito iba a conseguir por fin a la chica de su vida. No sabes lo que he disfrutado al ver lo ilusionada que estabas. ¿Pensabas que iba a liberarte al ver cuánto me amabas? —la presión de sus manos se hizo más insistente y el aire comenzó a faltarle—. Después de tanto tiempo continúo sorprendiéndome de lo que puede soportar un ser humano para tratar de sobrevivir…¡Yo no sería capaz de soportarme ni diez minutos y vosotras lo hacéis durante días! Eso sí, lo del beso no lo lleváis bien ninguna; algo normal por otra parte, si tenemos en cuenta que ni las putas querían besarme, por mucho que les pagara.

La falta de oxígeno comenzó a pasarle factura y sintió que perdía la conciencia.

—¿Lo notas?

Por supuesto que lo notaba: su pene flácido recuperaba potencia al mismo tiempo que a ella se le iba la vida.

—¡No sabes lo que excita hacerle el amor a una muerta!

¿Era cierto lo que estaba oyendo?

¿Cómo podían existir seres tan depravados y miserables?

Y aún tuvo que soportar otra burla tan macabra como cruel.

—En ese estado de supremo abandono ninguna se resiste a mis encantos…¡Ja,ja,ja!

La tétrica risa del gobernador resonó en la celda como señal de triunfo y ese fue el impulso que Juana necesitó para completar lo que había dejado pendiente. Ya no le importaba morir, pero la sola idea de que aquel monstruo pudiera aprovecharse de su cuerpo una vez muerta le dio las fuerzas que le faltaban hace unos instantes. Buscó a tientas y no tardó en encontrarla; la asió con fuerza y descargó un fuerte golpe en el cuello, ya que la nuca quedaba lejos de su alcance, al haberse incorporado para estrangularla. Fue tanta la fuerza que imprimió a la puñalada que la madera atravesó limpiamente carne y membranas y fue a salir por el lado opuesto.

El inesperado ataque lo cogió completamente por sorpresa. Quedó paralizado y confuso, pues no entendía de dónde podía haber sacado un arma tan mortífera. Consciente del odio que despertaba en sus víctimas, procuraba evitarles la tentación de atacarlo con un objeto contundente, sabiendo como sabía que con las manos hubiera sido inútil intentarlo.

No les proporcionaba peines, tenedores en la comida o cualquier otro objeto punzante, pero esta zorra se las había ingeniado para conseguir uno. No imaginaba que fue él mismo quien involuntariamente suministró el arma que habría de acabar con su vida. Su exceso de peso había acabado por romper el catre donde ataba y violaba a sus víctimas. De allí sacó Juana la astilla que clavó en su cuello.

Trató de hablar, pero no pudo hacerlo. En lugar de pronunciar palabras expulsó sangre.

Mucha.

Demasiado rápido…

Su primer impulso fue salir de allí lo más rápidamente posible y pedir ayuda, pero lo descartó en el acto.

No llegarás con vida al primer piso. El esfuerzo de ascender por la escalera hará que tu corazón bombee la sangre mucho más deprisa. Terminarás desangrándote antes de alcanzar el objetivo.

Y aunque lo consiguiera no le quedarían fuerzas para colocar en su sitio el pesado armario que ocultaba la entrada a su santuario. Lo descubrirían y liberarían a la chica. Declararía en su contra y saldrían a la luz el resto de crímenes que había cometido. Lo juzgarían públicamente y acabarían ejecutándolo.

No podía permitir que eso ocurriera, ya que el escándalo salpicaría a su familia llenándola de deshonra. Sus padres aún vivían y su hermano pequeño ocupaba un alto cargo en Durango; y lo peor de todo: la carrera política de sus hijos quedaría destrozada antes de iniciarse.

Descartada la huida decidió que lo mejor sería morir matando. Sus cuerpos quedarían sepultados en aquella cripta camuflada y jamás los encontrarían. Achacarían la desaparición del famoso gobernador al secuestro por parte de un grupo guerrillero, y tras buscarlo infructuosamente durante un tiempo, cerrarían el caso y pasaría a engrosar la lista de desaparecidos. Lo recordarían como a un gran hombre, muerto en la cumbre de su carrera.

Juana lo vio dudar mientras se desangraba sobre ella. Las garras que le oprimían el cuello habían cedido momentáneamente, pero fue algo temporal; los ojos del gobernador recuperaron el brillo asesino de unos instantes atrás y sus manos volvieron a apretar con fuerza.

Juana notó que le faltaba nuevamente la respiración. Comprendió que el maldito político había tomado la decisión de quedarse allí abajo y arrastrarla a ella en su caída. Dejó de forcejear al descubrir que no serviría para nada. Al menos había logrado su objetivo, que no era otro que evitar que otras chicas pasaran por el mismo infierno que ella estaba sufriendo. No habría más padres desesperados, ni familias destrozadas por la incertidumbre de no saber qué les había ocurrido a sus seres queridos.

Pero las sorpresas aún no habían concluido. El gobernador apretó unos segundos más y se apartó.

La joven cada vez entendía menos lo que estaba sucediendo.

¿Qué pretende ahora este sádico?

No podía imaginar hasta qué punto lo era. Dejó de estrangularla porque le reservaba una muerte mucho más cruel. Trató de sujetarlo de un brazo, pero aún mantenía las fuerzas prácticamente intactas. La apartó de un golpe y continuó arrastrándose en dirección a la puerta.

Después de todo ha decidido intentarlo.

Ese pensamiento se le antojó carente de sentido, pues sabía que no tenía la menor posibilidad de salir de allí con vida. El reguero de sangre que iba dejando tras de sí no hacía más que confirmar esa idea. Y en todo caso, ¿por qué había perdido un tiempo precioso tratando de estrangularla?

La respuesta tenía que ser otra.

No tardó en obtenerla.

El herido llegó a la pared donde estaba la puerta y se apoyó en ella. Una vez allí la miró con ojos vidriosos y le dedicó una sonrisa maléfica. La chica creyó que había perdido la cabeza debido a la conmoción por el apuñalamiento y la posterior pérdida de sangre, pero no tardó en comprender las verdaderas intenciones de aquel ser demoniaco. Su intención no era llegar a la escalera. Lo único que pretendía era ponerse lejos del alcance de la cadena. Un terror infinito se apoderó de ella cuando comprendió lo que eso significaba.

¡No ha querido matarme porque prefiere que muera lentamente, mientras veo como se descompone!

¿Podía existir una muerte más horrible que aquella?

Viviría los últimos momentos de su existencia sin agua ni comida y asfixiada por la pestilencia del cuerpo putrefacto de su carcelero. No pudo evitar mirar toda aquella carne fofa y entonces se hizo una idea de lo insoportable que iba a ser ese hedor. Ni la mente más desequilibrada sería capaz de imaginar algo así.

La ansiedad que le ocasionó el horrible final que le había reservado el destino le hizo perder los estribos; agarró la cadena con las dos manos y tiró con todas sus fuerzas, a pesar de ser consciente de lo inútil de su acción. Lo único que consiguió con el ataque de pánico fue que la sonrisa del agonizante gobernador se ampliara; después exhaló el último suspiro y dejó de existir.

Juana quedó sola en la tumba en que se había convertido la celda.

Comprendía que era una pérdida de tiempo lo que se disponía a hacer, no obstante, bajó de la cama y caminó en dirección al cadáver, para acabar descubriendo que no podía acercarse lo suficiente. Le faltaba un metro aproximadamente para llegar a la llave. El malnacido lo tenía perfectamente calculado, de ahí tanta sonrisa triunfal. Regresó a la cama y dejó que las lágrimas corrieran libremente por su rostro. En todo el tiempo que llevaba cautiva nunca había sido tan consciente, como en ese momento, de que iba a morir. Ya no le quedaban esperanzas.

Lloró por ella.

Perdería la vida sin haber podido disfrutar de sus bondades.

Lloró por los integrantes de su familia, que no volverían a verla, y quedarían rotos de dolor.

Y en general por los que habían tenido la desgracia de sufrir algún tipo de vejación que les había cambiado por completo la vida

Permaneció mucho rato tumbada, hasta que un ligero cambio en el ambiente le llamó la atención, obligándola a levantar la cabeza. Miró a su alrededor y no encontró nada que pudiera causar esa sensación. Dejó caer la cabeza nuevamente y cerró los ojos. Se estaba trastornando antes de tiempo. Un segundo después volvió a notarlo y entonces sí halló la respuesta a la extraña sensación: se trataba del imperceptible movimiento del aire viciado cuando el gobernador abría la puerta del piso superior (en aquel momento no sabía que no existía tal puerta, pues la había sustituido por un pesado armario para ocultar la entrada a su *santuario*)
Como es posible...

Se incorporó de nuevo y escuchó atentamente. No cabía la menor duda: alguien descendía hasta el lugar donde ella se encontraba.

—¡Socorro! —gritó creyendo por segunda vez que venían a rescatarla. Ni siquiera se le pasó por la cabeza que el gobernador pudiera tener un cómplice.

Pero no, no era un cómplice...¡Era la muerte en persona que venía a visitarla y reclamar su cuerpo!

Retrocedió horrorizada cuando la dama de negro la escrutó con ojos fríos y luego recorrió el resto de la habitación hasta que su mirada recayó en el cuerpo apoyado en la pared.

—Por fin alguien se ha cargado a este hijueputa.

La voz de la dama no reflejaba emoción alguna. Se limitaba a constatar un hecho.

Juana tuvo que hacer acopió de todas sus fuerzas para convencerse de que aquella mujer no era la dama de la guadaña. El escapulario con la virgen de Guadalupe, que llevaba al cuello, fue lo que acabó de convencerla.

Detrás de ella un sirviente presenciaba la escena con expresión impávida, aunque sus ojos mostraban cierto nerviosismo.

—¡Gracias a Dios! —exclamó la cautiva creyendo que por fin habían acabado sus penurias.

La mujer caminó hasta el centro de la habitación y no se molestó en responder hasta que tuvo en sus manos el látigo que el gobernador utilizaba para golpear a sus víctimas

—No tan rápido, jovencita. La situación no ha cambiado para ti. Muerta estabas y muerta seguirás para el resto del mundo —aseguró la enlutada dama.

La joven parpadeó varias veces para cerciorarse de que no estaba soñando y seguía inmersa en la pesadilla que había comenzado con el rapto.

—¿Qué quiere decir?

—Que no te hagas ilusiones porque no vamos a sacarte de aquí— respondió, toda frialdad—. Hace tiempo que sospechaba que mi marido me engañaba con otras. Ya sabes cómo son esas cosas: te casas con un hombre guapo y varonil, del que estás locamente enamorada, y acabas descubriendo que él no te ama. Se ha casado contigo porque tiene grandes aspiraciones y necesita el dinero y el apoyo de tu papito para alcanzar sus metas. Las sospechas se confirmaron cuando descubrí que pasaba demasiado tiempo en la bodega —miró con fastidio lo que la rodeaba—. Pero, ¿cómo imaginar que el degenerado tenía aquí montado un auténtico burdel?

—Esto no es un burdel —respondió Juana, saliendo por fin del asombro que le había causado la llegada de la mujer—. Es un matadero.

La viuda asintió.

—Lo he sospechado cuando he visto que estabas atada. Cuesta aceptar que el padre de tus hijos sea el responsable de los crímenes de las chicas desaparecidas, pero que se le va a hacer. Son cosas que pasan.

La joven no daba crédito a lo que oía. Llamar *cosas que pasan* a hechos tan deplorables era de una frivolidad absoluta.

—Esta mansión perteneció a mis padres. Mi marido se enamoró de ella desde el principio de nuestro matrimonio y se empeñó en reformarla. Sin duda ya tenía en mente preparar el nido de amor donde ahora estamos. Este lugar se utilizó en el siglo dieciocho para encerrar a los esclavos que iban de tránsito hacia la frontera. La hipocresía imperante en el reino de España llevaba a sus dirigentes a prohibirla, y por otra parte a cerrar los ojos en aquellas partes que interesaba que existiera —le dedicó un gesto de fastidio—. El muy estúpido creía que nadie sabía que ocultaba la entrada con el armario. Olvidaba que me crie aquí y conocía todos los rincones de esta casa. Me consta que los sirvientes le proporcionaban jovencitas para su placer, pero imaginé que les pagaba generosamente y luego se marchaban.

—¿Por qué no piensa liberarme?

La señora la miró apenada.

—Me gustaría, pero no es posible. Tengo muy presente que has debido de vivir un infierno y mereces recuperar la libertad, aunque no puedo arriesgarme.

—¿Arriesgarse? —preguntó confundida.

—A que presentes una denuncia y nos arruines la vida a mí y a mis hijos.

—No lo entiendo. Usted no es responsable de haberse casado con un pervertido. La verdad no puede hacerles daño a sus hijos.

La viuda la miró condescendiente y su expresión dura se relajó ligeramente.

—A tu edad es normal que no lo entiendas. A mí me pasaría lo mismo. Aún mantienes intacta la inocencia y actúas como te dicta el corazón. Los años van cambiando el aspecto y la percepción que tenemos de las cosas. Cuando tengas mi edad y conozcas a más gente cambiarás de opinión. En el mundo de fieras en el que me muevo no se toleran las aberraciones. Desde el mismo instante en que denunciaras a tu secuestrador, la desgracia recaería sobre esta casa. La carrera política de mis hijos concluiría antes de comenzar. El mayor aspira a la alcaldía de Saltillo, y el pequeño termina este año la carrera de abogado. Dicen sus profesores que es muy espabilado y que incluso puede llegar a la presidencia de la nación. ¿Te imaginas lo que supondría para ellos la noticia de que su padre era un pervertido, violador y asesino? —movió la cabeza como si al hacerlo espantase un mal recuerdo—. Los destrozaría…y a mí con ellos. Como madre no puedo permitir que eso ocurra.

—¡No diré nada! —gritó a la desesperada.

—Sabía que dirías eso y la respuesta es: no. Como he dicho antes, tú ya estabas muerta antes de que yo bajase hasta aquí y nada puede hacerse para remediarlo.

Le hizo un gesto al sirviente para que saliera.

—¿Apago la vela? —preguntó este, señalando el cirio a medio consumir que solía encender el gobernador cuando permanecía mucho tiempo allí.

—Deje que se consuma —respondió condescendiente la señora.

—¡Le ruego por la Virgen de Guadalupe que no permita que muera! —gritó Juana tratando de apelar al buen corazón que se les presupone a los cristianos que llevan imágenes de la madre de Cristo colgando del cuello.

—La Virgen también es madre y comprende los motivos que me impulsan a abandonarte.

Miró con desprecio el cuerpo desmadejado del que fuera su marido y salió dejándola sola y desesperada.

Dos horas después seguía inmóvil, pues era incapaz de asimilar que todo aquello le hubiese sucedido a ella. Continuaba sin hacerse a la idea de que un ser humano fuese capaz de abandonar a otro a su suerte, por muy beneficiosos que fueran los motivos que tuviera para hacerlo.

Una idea comenzaba a formarse en su cabeza: se cortaría las venas y acabaría con el suplicio que le aguardaba. Una astilla similar a la que atravesaba de parte a parte el cuello del político serviría para llevar a cabo el suicidio. Se metió debajo de la cama y tiró con fuerza de la madera rota. En este caso sería suficiente con un trozo pequeño. Al pensar en medidas se hizo la luz en su cabeza y la esperanza renació en el horizonte.

Si la astilla es suficientemente larga podría alcanzar la llave.

Desde luego no era una idea descabellada; difícil, pero realizable.

El nerviosismo la hizo fallar en el primer intento. Tiró de la madera con sumo cuidado, pero no tuvo suerte. Estaba muy desgastada y no consiguió un trozo lo suficientemente largo para llegar al bolsillo donde reposaba la codiciada llave. El de mayor tamaño apenas alcanzaba los sesenta centímetros.

Volvió a desesperarse.

Tranquilízate. Necesitas pensar con la cabeza fría o no saldrás de aquí.

Disponía de todo el tiempo del mundo para encontrar la solución, si es que la había. Decidió unir dos trozos con la tela de una de las mangas de la camisa que llevaba puesta y comprobó satisfecha que alcanzaba hasta el objetivo. Su consistencia era muy endeble, pero al fin y al cabo la fuerza que debía de hacer era mínima; bastaría con empujar la llave fuera del bolsillo, y una vez en el suelo, arrastrarla hasta ella. No sería fácil, aunque el solo hecho de poder intentarlo ya suponía una gran alegría. Por suerte el bolsillo había quedado a la vista, ya que la cabeza del muerto cayó hacia el lado contrario.

Los primeros intentos de sacar la llave fueron descorazonadores. El empalme se soltó en dos ocasiones y tuvo que atarlo mejor. El brazo le dolía a causa del esfuerzo y tenía que distanciar los intentos. Cuando logró tocar con el improvisado palo la parte baja del bolsillo se dio cuenta de otro fallo: la punta era demasiado fina y la llave resbalaba una y otra vez hasta terminar en su posición inicial.

El nerviosismo regresó con fuerza por lo que decidió tomarse un descanso. Cuerpo y mente descansados son imprescindibles para llevar a buen término lo que te propones. Muchas veces nos precipitamos y queremos resolver las cosas por la vía rápida, sin darnos cuenta de que estamos agotados y con ello los riesgos de cometer un fallo se disparan.

Se acurrucó en la cama y cerró los ojos.

¿Pero cómo puede uno relajarse en compañía de un muerto?

Imposible.

Tenía que salir de allí cuanto antes.

Se incorporó, volvió a intentarlo y entonces descubrió algo que le heló la sangre en las venas: el cadáver se había desplazado ligeramente y amenazaba con caer de lado. El rigor mortis contrajo el cuerpo y ese ligero movimiento le había hecho perder la verticalidad. Si finalmente acababa cayendo no tendría la menor posibilidad de recuperar la llave. Ahora sí se trataba de una carrera contra el reloj. Levantó de nuevo el palo y esta vez no paró ni cuando su brazo protestó dolorosamente. Con cada nuevo intento, más se inclinaba el cuerpo.

¡Virgensita no me abandones ahora que estoy tan cerca!

En el quinto intento consiguió sacarla del bolsillo y arrojarla al suelo. La alegría que sintió cuando la llave tintineó un instante antes de quedar inerte no puede describirse con palabras.

Pero eso no significaba que hubiese pasado el peligro; aún podía quedar oculta bajo el cuerpo, si este finalmente caía. Le dio un golpe y la alejó cuanto pudo de aquel miserable, que incluso muerto procuraba fastidiarle la vida.

Justo a tiempo.

Un brusco movimiento final lo hizo caer de costado. Un minuto más y habría sido demasiado tarde.

Arrastrarla hasta su posición ya no supuso la menor dificultad. Cuando la tuvo entre sus manos cerró los ojos y soltó toda la tensión acumulada en aquellas terribles horas previas.

La introdujo con manos temblorosas en el candado y lo abrió.

Era libre. Medio desnuda, humillada y destrozada físicamente, pero libre.

¿Libre?

No podía considerarse libre hasta que no abandonase aquel antro de perversión y saliera a la calle.

Pero antes debía de procurarse los medios para salir lo mejor posible. La ropa que llevaba cuando la secuestró, y que se había quitado asqueada cuando la liberó de las correas, no había vuelto a aparecer. Lógico si tenemos en cuenta que no le hacía ninguna falta, porque el gobernador no pensaba dejarla salir con vida de allí.

Lo mismo ocurría con las sandalias.

Lo primero que hizo fue arrancar la otra manga de la camisa, para así emparejarla con la que había utilizado a modo de cuerda. Llamaría demasiado la atención, pero no tenía otra cosa que ponerse.

El segundo problema que se le planteaba era el calzado. No tenía otra opción que quitarle las botas al muerto; le vendrían muy grandes, pero al menos no iría descalza. Hizo de tripas corazón, se acercó al cadáver y tiró con fuerza. Le costó un enorme esfuerzo descalzarlo, pero al fin lo consiguió.

Y ahora a casa.

¿Era tan sencillo como eso?

No, realmente no lo era. Se dio cuenta cuando se disponía a abandonar la habitación. Recordó el cerrojo que bloqueaba la puerta por fuera. Si la señora había ordenado al sirviente que lo corriera no serviría de nada haberse librado de la cadena.

La vela apenas era un poso de cera, aunque probablemente resistiría el tiempo suficiente para permitirle llegar arriba. Se acercó con paso vacilante y empujó la puerta. Sintió un alivio enorme cuando comprobó que se abría. La viuda estaba tan convencida de que no podría librarse de la cadena que no se había molestado en tomar más precauciones.

Mejor para ella.

Al fondo del pasillo vio el inició de la escalera que llevaba a la bodega. Se dirigió hacia allí con determinación, pero antes de llegar sufrió otro sobresalto y esta vez no fue capaz de superarlo con tanta facilidad.

¡No puedo regresar a casa!

Acababa de darse cuenta de que su pesadilla no había hecho más que comenzar. La gente del pueblo le daría su apoyo cuando se enterasen de lo sucedido, aunque en el fondo sería meramente testimonial. Pura hipocresía. A la hora de la verdad la tratarían como a una apestada.

Ningún chico de su edad querría tratos con una mujer violada. Las comadres la mirarían con lástima y murmurarían a su paso: **Esa pobre desgraciada va a quedarse soltera.**

Soltera y amargada era el porvenir que le esperaba si regresaba a su pueblo. Y no podía dejar de lado otro hecho mucho más preocupante: la viuda del gobernador trataría de silenciarla por todos los medios. Si no podía eliminarla sin levantar sospechas procuraría desacreditarla.

¿Cuánto le costaría contratar a un grupo de testigos que declarasen que la habían visto merodear por la casa poco antes de la desaparición del gobernador? Ordenaría que subiesen el cadáver de su marido al despacho del primer piso, limpiaría la celda hasta no dejar la menor prueba de lo que allí había sucedido, y la acusaría a ella de haberlo asesinado para robarle. Ningún juez mínimamente competente lo creería, aunque conocía demasiados casos en los que el poderoso lograba lo que pretendía a pesar de no tener razón.

Si la consideraban culpable de asesinato la condenarían a muerte.

Esa idea la horrorizó.

Tenía que desaparecer sin dejar huella y hacerla creer que había muerto en aquella bodega. Se daba cuenta de que era una decisión cobarde, pero, ¿qué puede una hacer cuando tiene toda la vida por delante y la situación está en su contra?

Sobrevivir, y eso era lo que pensaba hacer.

Descartado el regreso a casa solo otra posibilidad razonable se le presentaba: cruzar la frontera y probar suerte en el país de las oportunidades eternas. Allí nadie la reconocería y podría comenzar una nueva vida.

Sí, pero…

En los Estados Unidos no eres nadie sin dinero.

Otro contratiempo.

Regresó junto al muerto, y venciendo la repulsión que sentía, registró el resto de bolsillos del chaleco en busca de algo de valor.

Lo único que llevaba era un reloj de cadena. Nada entendía de joyas y objetos de valor, pero sospechaba que le darían lo suficiente para alcanzar su objetivo. Compraría ropa y la comida necesaria para soportar la larga caminata que le aguardaba hasta la frontera.

No sabía a ciencia cierta dónde estaba encerrada, aunque suponía que el gobernador no viviría muy lejos de Monterrey, lugar en el que tenía su sede el palacio gubernamental. En ese caso serían tres las jornadas que la separarían de la frontera.

Nada quedaba por hacer allí, y puesto que la vela amenazaba con apagarse en cualquier momento, se apresuró a ascender la escalera. En la parte superior topó con el pesado armario que ocultaba la entrada al santuario. El sirviente lo había desplazado siguiendo órdenes de su ama. Empujó con todas sus fuerzas y apenas logró desplazarlo unos centímetros.

No he llegado hasta aquí para quedarme atrapada.

La desesperación le dio las fuerzas que le faltaban y poco después abría el hueco suficiente para pasar al otro lado.

A pesar de lo dramático de la situación en que estaba inmersa no pudo evitar lanzar una exclamación de asombro y detenerse unos instantes a contemplar los tesoros que albergaba la bodega: cientos de botellas almacenadas en unos inmensos botelleros que iban de pared a pared y cajas y más cajas repletas de conservas, se apilaban en sus correspondientes estanterías. Todo aquel despliegue de medios daba a entender el poderío de la familia que habitaba la casa.

El primer pensamiento que le vino en mente fue lo injusto e inmoral del hecho que unos nadasen en la abundancia y la mayoría del pueblo viviera sumido en la más absoluta de las miserias.

Cogió al azar uno de los botes y leyó lo que ponía:

Peaches.

Pues muy bien...

Supuso que sería comida yanqui y por eso venía escrito en su idioma. En lugar de comprar productos nacionales y dar así ejemplo a la comunidad, el maldito gobernador los traía del país vecino.

Debido a la inocencia propia de su juventud ni tan siquiera se le pasó por la cabeza que todo aquel tesoro, y otro de mucho más valor, que jamás verían sus ojos porque estaba a buen recaudo en la caja fuerte del piso superior, no habían sido adquiridos por el político. Eran de esa clase de "regalos" que conceden las empresas cuando desean obtener algo a cambio y necesitan engrasar la maquinaria burocrática para que no se atasque y les obligue a perder mucho tiempo y dinero. En este caso se trataba de una empresa minera del país de los melocotones enlatados, la que obtuvo por arte de magia el permiso de explotación de una mina de plomo. En su país necesitaban invertir en toda clase de medios de seguridad para garantizar la salud de los trabajadores y conservar la pureza del entorno, al ser el plomo un material altamente contaminante, pero allí en México todo valía. Si algún acuífero se contaminaba, o dos o tres pendejos echaban los pulmones por la boca, a nadie le importaba un carajo, sobre todo al político que había recibido la subvención tan desinteresada y generosa.

Dejó el bote en su sitio y se dirigió al segundo tramo de escaleras que habría de subir ese día si quería conseguir la libertad.

Ahora sí tenía que extremar las precauciones, pues era más que probable que la bodega comunicara directamente con la cocina de la casa. En una mansión como esta los sirvientes se pasarían el tiempo preparando comidas, por lo tanto, siempre debía de haber alguien. Solo en caso de que fuera de noche podría salir sin ser vista. Al pensar en qué momento del día podía encontrarse se dio cuenta de que hacía mucho que había perdido la noción del tiempo. Por tanto, correría un gran riesgo si abría la puerta que se adivinaba al final de la escalera y la descubrían; aunque bien pensado mucho peor sería el que correrían esas pobre mujeres si la veían aparecer a ella: sucia, desgreñada, calzando unas botas demasiado grandes y una camisa sin mangas. Sería lo más parecido a una aparición infernal que abrían visto en su vida.

El momento de duda quedó aparcado cuando escuchó que se abría la puerta y un haz de luz se filtró por la apertura. Alguien bajaba a por alguno de aquellos manjares. Apagó la vela, buscó desesperadamente un sitio donde esconderse y se metió tras unos toneles de vino.

—¡Apúrate, Conchita o la señora va a despellejarte! —gritó una segunda persona.

Desde su improvisado escondite vio que una chica, de aproximadamente su misma edad, bajaba a toda prisa.

Esa debía de ser la Conchita a la que la dama de negro iba a castigar si no se apresuraba. Pobrecilla. Parecía un pollito asustado. No debía de ser fácil trabajar para alguien tan estricto.

—¿Y ande estará el puerquito? —la oyó que se preguntaba con voz trémula.

Rebuscó entre las latas, pero no encontró el cerdo enlatado que la habían mandado a buscar.

—¡Conchita! —la apremió la voz desde el piso superior.

—¡No lo encuentro! —gritó la chica.

Arriba se escuchó un reniego y la escalera de madera se vio sacudida por un terremoto. En el campo de visión de Juanita apareció una mujerona de aspecto redondo y gesto serio.

—¡Tú que vas a encontrar, desgrasiada! —le grito, a la vez que la apartaba a un lado sin miramientos—. La hora de la cena y la comida sin preparar. Como me llamen la atensión por tu culpa no vuelves a trabajar en esta casa.

La amenaza aterrorizó a la chica.

—¡No me jale, señora! Si me despide mi mamasita me mata. Va

contándole a todo el mundo que su niña trabaja pa el señor gobernador. Está requeteorgullosa y hasta piensa que un día van a invitarla a visitar la casa.

—¡Pos espabila que pareses tonta! —rebuscó entre los botes que tenía delante y exclamó: —¡Aquí está! Si en ves de puerquito es un lobo, te come.

La chica miró la etiqueta.

—Eso no es. Ahí pone *pig*.

La que debía de ser la jefa de las cocineras exhaló un profundo suspiro y le dio una colleja para recordarle quien mandaba allí.

—¡So inculta! Es lo mismo.

La chica se rascó el cogote mientras se preguntaba porque la mandaban a buscar algo tan difícil de encontrar.

Las dos mujeres regresaron al piso superior y la oscuridad se apoderó de la bodega. Juana quedó de nuevo sola, aunque ahora estaba peor que antes ya que no podría volver a encender la vela.

Al menos ya sabía qué hora del día era.

Permaneció en aquella bodega el tiempo que creyó conveniente, y cuando supuso que las cocineras se habían retirado a descansar, tras dejar la cocina limpia y dispuesta para el desayuno del día siguiente, se encaminó a tientas hacia la escalera. Hay personas que se mueven mejor en la oscuridad que otras y ese día la chica descubrió que era una de ellas. Tenía perfectamente gravado en su mente el recorrido que debía seguir hasta llegar al inicio del tramo que la llevaría a la parte superior y por ello no tuvo dificultad alguna en completarlo sin tropezar con ningún objeto.

A mitad del ascenso se detuvo y se descalzó. Las botas hacían demasiado ruido en aquel opresivo silencio. Llegó arriba y abrió la puerta, rogando que las bisagras estuviesen bien engrasadas y no la delataran.

Pero aquel era su día de suerte. Y además la puerta que daba acceso a la bodega no comunicaba esta con la cocina como había supuesto. La tenue luz de una lámpara le mostró el comienzo de un pasillo que se perdía en un recodo. En el lado opuesto terminaba frente a otra puerta. No necesitó pensar mucho para darse cuenta de algo que debió de parecerle evidente mucho antes: si el degenerado se dedicaba habitualmente a secuestrar chicas y a introducirlas en la casa de forma clandestina, no podía hacerlo a través de la cocina. El riesgo de que hubiesen sorprendido a sus cómplices sería demasiado elevado. Para ello utilizarían la entrada posterior de la casa, mucho menos concurrida y perfectamente situada.

Trató de abrir esa puerta, a pesar de estar completamente segura de que no lo conseguiría. En efecto; la habían cerrado con llave. Por allí no podría salir. Tendría que intentarlo por la puerta principal y confiar que solo hubieran echado el cerrojo que la bloqueaba por dentro.

¿Y ya está? ¡Cómo no espabiles no saldrás viva de esta casa!

Por segunda vez en poco tiempo se amonestó a sí misma por la falta de agilidad mental de la que adolecía. Un hombre tan poderoso como el gobernador debía de tener vigilada su casa en previsión de algún posible ataque guerrillero o de bandidos que pretendieran robarle. Eso significaría hombres armados patrullando por el exterior. En cuanto la vieran salir la detendrían.

Llegó a la puerta principal y comprobó que al menos en este caso no había errado la predicción: un pesado cerrojo la mantenía cerrada por dentro. Se acercó y lo descorrió con sumo cuidado, tratando de hacer el menor ruido posible. Por suerte estaba recién engrasado y no tuvo la menor dificultad en conseguirlo. Abrió ligeramente la puerta, asomó la cabeza y la movió en todas direcciones hasta que encontró lo que buscaba. Era de esa clase de cosas que uno no se alegra cuando la encuentra: un hombre armado con un rifle de repetición fumaba apoyado en una de las columnas exteriores de la casa; le daba la espalda y por tanto no la había visto, pero no podría escabullirse sin que la descubriera. Y seguro que en la parte posterior, cubriendo esa puerta cerrada con llave por donde la metieron a la bodega, había otro vigilante armado.

Regresó al interior y cerró la puerta. En este caso se escuchó un pequeño chasquido que resonó como un trueno en el silencio de la noche. El ruido alertó al centinela; arrojó el cigarro al suelo, enarboló el rifle y se acercó con cautela. Juana se arrojó al piso de madera y contuvo la respiración cuando vio su silueta recortarse en el cristal de la contraventana. Era de colores como los de las iglesias y gracias a eso no pudo descubrirla. El vigilante empujó la puerta, comprobó que seguía cerrada y regresó a su puesto. Probablemente achacó el ruido al crujido de la madera producido por el cambio brusco de temperatura del día a la noche.

No la había descubierto, pero su situación era igual de desesperada porque la descubrirían los sirvientes al llegar el nuevo día.

Tenía que pensar algo y rápido. Debía llamar la atención de los centinelas para que abandonasen sus puestos y le permitieran escapar sin ser vista. Pensó un buen rato y cuando creyó encontrar una solución la puso en práctica. Era muy arriesgada, pero no había otra. Apiló varios libros que encontró en la biblioteca y les prendió fuego utilizando la lámpara de aceite que vio con anterioridad en el pasillo. Las llamas no tardaron en prender con fuerza y el fuego se extendió por la planta baja en mucho menos tiempo del que ella había supuesto. Todo aquel material inflamable produjo un intenso humo que la obligó a toser con fuerza. Fue precisamente su tos la que alertó al centinela. Como estaba de espaldas y había encendido otro cigarro, ni cuenta se dio de llamas y humos.

—¡Fuego! —gritó cuando vio el resplandor del fuego. Efectuó varios disparos con su arma para alertar a su compañero y a los que dormían en el interior del edificio, que poco después se convertía en un hervidero de gente tratando de apagar el incendio. Sacaban agua del cercano pozo y la trasportaban hasta la casa formando una cadena humana. El humo continuaba igual de intenso, lo que les obligó a colocarse pañuelos en la boca. Eso mismo había hecho Juana mucho antes, utilizando a modo de pañuelo el trozo de manga de camisa que se había arrancado antes de abandonar la celda, por lo que no tuvo la menor dificultad en pasar desapercibida y alejarse del infierno en llamas en que se convirtió la gran mansión. Su objetivo inicial no era destruir aquel nido de ratas, pero ahora, desde la pequeña loma donde divisaba la escena, se alegraba de haberlo hecho. Las llamas purificarían aquel santuario del mal y dejarían sin hogar a esa calculadora mujer, capaz de ignorar los desmanes de su marido con tal de continuar disfrutando de su privilegiada situación.

Llamar calculadora a esa asesina es propio de ti.

La casa ardió toda la noche, a pesar de que los bomberos intervinieron con rapidez.

Cuando amaneció únicamente quedaban unos rescoldos humeantes.

Para entonces Juana caminaba por la calle principal de Monterrey, sin percatase de que la loba no había abandonado su presa, ni mucho menos....

MONTERREY

La ciudad era conocida por sus montañas, pues eran varias las que la rodeaban. Recorrió sus calles empedradas disfrutando del colorido de las casas, engalanadas con flores en sus fachadas de ladrillo.
Descubrió por todas partes el legado de los fundadores españoles.
A pesar de vivir relativamente cerca de allí, jamás la había visitado, y probablemente no lo hubiese hecho nunca. Los habitantes de San Pedro a lo máximo que podían aspirar era a visitar los pueblos vecinos cuando se celebraban las fiestas patronales.
Ni que decir tiene que la mayoría de gente con la que se cruzaba se la quedaban mirando. Su indumentaria llamaba demasiado la atención. Debía procurarse ropa adecuada lo antes posible, si no quería que la policía la detuviese para interrogarla. No había cometido delito alguno, pero había que conservar el decoro en nombre de la moral. Antes de comprarse ropa y calzado tenía que vender el reloj.
¿Dónde?
Esa ya era otra cuestión más peliaguda.
Detuvo al primer hombre con el que se cruzó y le mostró la preciada joya.
—Era de mi padre. Me lo dio en su lecho de muerte para que yo pudiera vivir un tiempo de lo que sacará por él—mintió tratando de convencerlo, sin saber que las mentiras cuanto más cortas más creíbles son—¿Le interesa?
—No, pero puedo pagar por tus servicios—la miró con descaro, sobre todo esos muslos que la camisa apenas cubría.
—Yo no estoy en venta.
Se alejó precavida y procuró elegir mejor en la siguiente ocasión. En este caso se trataba de un hombre trajeado que se apoyaba en un bastón para poder caminar. Pensó acertadamente que a su edad no se fijaría en ella y le ofreció el reloj.
—Puedo ofrecérselo muy barato.
—Primero tengo que verlo más de cerca—no dudó a la hora de dárselo—¿Y dices que era de tu padre?
—Sí, señor.
El anciano la miró detenidamente.
—Mientes. Este reloj es muy caro. Solo alguien con mucho dinero puede permitírselo, y no creo—la miró despectivamente antes de proseguir—que tu progenitor pudiera permitirse el lujo de llevar un reloj suizo de plata.
Juana comprendió que había infravalorado su valía.

—¿Dónde lo has robado?

—Le aseguro que no lo he robado. Me lo he ganado con creces.

Pero el hombre no era de los que aprecian los matices y su expresión no cambió en absoluto.

—Devuélvamelo.

—Primero has de decirme la verdad.

El asunto tomaba muy mal cariz y la chica decidió coger el camino del medio. Se arrojó sobre el desprevenido anciano y trató de recuperar el valioso reloj. No lo soltó y acabaron rodando por el suelo, para mayor sorpresa del resto de viandantes que no daban crédito a lo que sus ojos les mostraban.

—¡Socorro, policía! —gritó el anciano, dando a entender que la joven pretendía asaltarlo.

Juana hizo un último intento por recuperarlo, pero no lo consiguió. Vio que algunas personas se acercaban a ellos y no le quedó más remedio que levantarse y salir corriendo. Si antes no podía permitirse el lujo de que la detuvieran y la interrogasen, ahora que le había pegado fuego a la casa del gobernador, mucho menos. Las pruebas del delito habrían desaparecido consumidas por las llamas y no podría demostrar que el pervertido la había retenido en contra de su voluntad, y violado en el sótano de la mansión. La tomarían por una pobre loca que se había escapado de casa y la enviarían de vuelta a San Pedro.

¿Cuánto tardaría la viuda en localizarla y mandar a un par de asesinos para que la liquidaran?

Y huir tampoco serviría de nada, porque en cuanto supiera que estaba viva los enviaría tras ella y daría lo mismo que se refugiara al otro lado de la frontera o viajara al fin del mundo.

Contradictoriamente, la mejor opción posible para seguir viva continuaba siendo la de estar muerta, aunque ahora cambiaba la forma: en lugar de morir abandonada a su suerte, como pretendía la señora, habría muerto calcinada por las llamas.

En cualquier caso, tenía que evitar por todos los medios que la policía la detuviera.

Una vez que se alejó lo suficiente del tumulto paró un instante para recuperar la respiración y continuó caminando con normalidad, hasta llegar a un parque. Tomó asiento en el banco que tenía más próximo y pensó en cómo actuar a continuación.

No hay mucho que pensar. Debes de marcharte de la ciudad lo antes posible.

Por tanto, debía tomar la carretera de Reynosa y de allí a la frontera. Ni siquiera se paró a pensar que recorrer los doscientos veinte kilómetros que separaban Monterrey de la ciudad antes citada, con unas botas que le venían demasiado grandes, sin agua ni comida, era una auténtica locura.

Iba a levantarse cuando vio que llegaban dos ancianas. Paseaban cogidas del brazo mientras conversaban amigablemente. Un retazo de la conversación que le llegó flotando por el aire la obligó a prestarles atención. Se acercaron al banco que tenía enfrente y lo ocuparon. Permaneció sentada y escuchó:

—Pobre hombre —comentó apesadumbrada una de ellas.

—¡Ni que lo digas! No puedo imaginar una muerte más horrible que esa —aseguró la segunda—¡Morir quemado en la flor de la vida! Dicen que su cuerpo ha desaparecido por completo, calcinado por las llamas.

—¡Es un héroe! Deberíamos hacerle una estatua.

Sin duda hablaban del gobernador y el incendio de su mansión.

Juana no salía de su asombro. ¿Un héroe aquel malnacido? Continuó escuchando, aunque comenzaba a hacerse una idea de por dónde iban los tiros.

—Rescató a su mujer atrapada en el piso superior y la dejó sana y salva en el exterior; pero luego regresó al infierno en llamas a por unos documentos de gran importancia y ya no salió.

Las dos ancianitas lloraron apenadas por aquel héroe popular, muerto en tan dramáticas circunstancias.

Ese día aprendió que los que ostentan el poder pueden controlar cualquier situación apurada que se les presente, por el simple hecho de manejar la información a su antojo y re direccionarla hasta el punto que a ellos les interesa. Y lo peor de todo es que la gente se cree todo lo que les cuentan, sin pararse a pensar que en muchos casos hay sucios intereses ocultos tras la noticia.

El par de desconsoladas abuelitas continuó desgranando el tema:

—Ha sido el mejor gobernador que hemos tenido.

—Sí...

—Se preocupaba por su pueblo. Era sencillo, educado y trabajador.

¡Y un hijo de puta pervertido y criminal! —hubiese querido gritarles, pero se contuvo a tiempo.

—Este parque lo inauguró él.

—Y mejoró el suministro de agua.

Se levantó asqueada. No estaba dispuesta a seguir escuchando alabanzas sobre un ser tan detestable. Se disponían a alejarse cuando recibió una puñalada por la espalda.

—¡Pues yo pienso votar por su hijo cuando se presente a gobernador!

—¡Y yo! Es lo menos que podemos hacer para honrar la memoria de nuestro héroe. Ese joven ganará por mayoría

No podía creerlo. Lo había convertido en héroe sin pretenderlo y de paso le acababa de hacer un gran favor a la bruja enlutada: se deshacía del cerdo que tenía por marido y su muerte allanaba considerablemente la carrera política de sus hijos.

¿Podía ser la vida más injusta?

Abandonó la vieja ciudad colonial con el corazón roto.

Lo del calzado y la falta de agua no tardó en notarlo.

En octubre se suavizan un tanto las temperaturas en aquella zona de México, pero no hasta el punto de permitirte emprender tan alegremente una caminata como aquella.

Al final no le quedó más remedio que parar en las horas centrales del día y buscar alguna sombra. También encontró solución para mitigar la sed, aunque como suele decirse fue peor el remedio que la enfermedad. Hacer uso del agua estancada que los pastores sacaban de los pozos para dar de beber al ganado, no parece de lo más recomendable, por muy desesperada que una esté. Así lo descubrió cuando vio que su estómago se descomponía. Ahora se veía obligada a refugiarse continuamente en los arbustos que crecían en la orilla de la carretera y no era por culpa del sol.

La falta de comida y la deshidratación producida por los cólicos acabaron por vencer su resistencia. Al inicio del viaje procuraba esconderse cuando veía que se acercaba algún carromato, o alguno de los escasos vehículos a motor que recorrían la zona, pero cerca de Loma Alta ya no pudo ocultarse porque las fuerzas le fallaron. Cayó de rodillas y aguardó lo que el destino le tenía reservado. Un carro se detuvo a su lado y un campesino de edad indeterminada echó pie a tierra.

—¡A poco! —exclamó cuando la vio—. Según iba acercándome me he dicho: *eso que viene por ahí es una güerita.* Pero mi vista ya no es la misma de antes y no me he asegurado hasta verte más de cerca —la observó detenidamente y vio que un líquido espeso le corría por la entrepierna— ¡Hay mamasita que chingada te veo! Hueles como mi *viejita* cuando anda despatarrada.

La mula giró la cabeza como si supiera que se refería a ella.

A Juana el sonido de su voz le llegaba desde muy lejos. Veía una sombra que danzaba frente a ella, aunque ira incapaz de darle forma al rostro de su propietario. Intentó dar una respuesta, pero las cuerdas vocales no respondieron. La debilidad se hizo tan extrema que acabó perdiendo el conocimiento.

Despertó sobre una estera vieja. Cuando abrió los ojos y vio que estaba desnuda gimió presa de la angustia. ¿Una pesadilla podía repetirse indefinidamente?

—Tranquila—el campesino que la había encontrado medio muerta sonreía comprensivo—. Soy demasiado viejo pa esas cosas. Te he desnudado porque tu ropa apestaba. La he lavado como buenamente he podido pa que puedas ponértela cuando te recuperes. Me habría gustado acostarte en la cama, pero solo tengo una y he pensado: *Ramón, tendrás que tirar el colchón cuando la chiquita se vaya, y no puedes permitirte el lujo de comprar otro.* Menos mal que no lo he hecho porque llevas dos días cagando como una cabra loca después de atiborrarse de moras. Por eso te he colocado en esa vieja estera.

—Se lo agradezco…—musitó con voz débil y volvió a cerrar los ojos. Estaba tan cansada que el simple esfuerzo de mantenerlos abiertos le costaba un mundo. Entonces cayó en la cuenta de algo que el campesino había dicho.

¡Dos días!

—¿Tanto tiempo llevo inconsciente?

—Inconsiente llevas más de dos días, pues solo así se explica que andes metida en este lio—dijo en tono de reproche, aunque no abandonó la sonrisa en ningún instante—. He procurado meter algo de líquido en tu cuerpito, pero igual que entra sale. ¿Qué habrás comido pa que te siente tan remal y andes tan jodida?

—Ha sido el agua…

Le explicó donde había bebido.

—¡Hija de Barrabás! —exclamó escandalizado—. De esa agua no bebe ni mi mula y eso que es muy burra. Estás viva de puritito milagro.

La incorporó para darle de beber un sorbo de caldo de gallina que él mismo había preparado esa mañana.

—No puedo pagarle sus cuidados.

El campesino, que dijo llamarse Ramón, la miró ofendido.

—¡No digas pendejadas! Los pobres hemos de ayudarnos entre nosotros. Pa darnos por culo ya tenemos a esos hijos de la gran chingada, como el gobernador desaparesido.

¿Fue su imaginación la que le jugó una mala pasada o era cierto que recalcó más de lo normal la palabra gobernador? Lo descartó en el acto, pues nada podía saber de lo sucedido en la casa incendiada; a menos que…

—¿Qué te llevó a emprender un viaje tan suisida?

Juana no respondió.

—Mira chavita, el viejo Ramón solo es un pobre desgrasiado la mar de retacho, al que le falta poco pa tomar la del estribo y comenzar el viaje más largo que emprende el ser humano. De inteligente tengo poco, y de limpio lo justito, pero nunca he sido un traidor. Lo que me cuentes se irá conmigo a la tumba —hizo una pausa, la miró con picardía y confirmó lo que tanto temía—. Si no quieres hablar tendré que conformarme con lo que has dicho en sueños…¡Pero carajo que me gustaría conocer la historia completa!

—¿He hablado en sueños? —preguntó asustada.

—Como mi viejita, y esta vez no me refiero a la mula. Hablaba por los codos y no callaba ni bajo el agua —su mirada triste se perdió en el recuerdo—. Ahora daría cualquier cosa por volver a oír su voz.

—¿Estuvo casado? —preguntó Juana en un intento por desviar la conversación y lograr que se olvidara del tema.

—Treinta años de puritita felisidad me dio, hasta que algo se torsió en su cabeza y acabó perdiéndola malamente. Dejó de comer y de lavarse. Cuando salía de casa era incapas de regresar porque no recordaba donde vivía. Acabó prostrada en la cama y tuve que lavarla como a ti, porque se hacia sus nesesidades ensima. En fin, una lástima…¡Y ahora me voy a por más agua porque veo que no quieres contarme tu historia!

Salió dejándola sola.

Cuando el anciano campesino regresó ya había tomado una decisión.

—No quiero hablar del tema porque me duele hacerlo.

Ramón levantó las manos y exclamó:

—¡Pos no lo hagas! Nada me debes ni quiero que te sientas obligada a contármelo. Era simple curiosidad de lobo solitario.

La chica lo miró agradecida. En ese extraño que no la conocía de nada había encontrado más comprensión que en personas más allegadas.

—¿Qué dije?

—Poca cosa. Hablaste de un lugar oscuro y húmedo y rogabas que te dejara marchar —se acercó y señaló la marca que la cadena había dejado en su pierna—. Esta marca me ha contado el resto: alguien te mantuvo enserrada en contra de tu voluntad, probablemente con intensión de aprovecharse de ti. ¿Estoy en lo sierto?

Las lágrimas surgieron espontaneas en el rostro de Juana, confirmando lo acertado de la suposición.

—Sí. Me violó en la bodega de su casa.

Ya no tenía sentido guardar por más tiempo el secreto que le quemaba las entrañas. Confiaba en este hombre y necesitaba liberar la tensión, por lo que explicó lo sucedido sin omitir detalle.

—¡Hijo de la gran puta! —exclamó Ramón cuando acabó de contarle la historia—. Ese perro meresía mil muertes como la que le diste. Dejarte atada para que vieses como se pudría lentamente...¡Eso no se le ocurre ni a la peor de las alimañas!

—¿Me promete que guardará el secreto?

El anciano manifestó su rechazo, pero acabó complaciéndola.

—No estoy de acuerdo, aunque comprendo porque has tomado la desisión. Esos cuates de la policía no se creerían la historia y te enserrarían por loca.

Juana asintió dándole la razón, porque eso mismo pensó ella cuando se planteó qué camino tomar después de huir de la casa incendiada, aunque puntualizó:

—A la que temo de verdad es a la viuda. Si por un casual descubre que no estoy muerta, no se detendrá hasta que consiga librarse de mí.

—Tienes todita la razón. Al abandonarte demostró ser peor que su marido.

—Por eso me he embarcado en este viaje suicida. Quiero comenzar una nueva vida muy lejos de aquí.

—¿En el otro lado?

—Allí me dirigía cuando caí enferma.

—Te ayudaré. En mis tiempos fui *espalda mojada*—Juana lo miró sorprendida—. Cuando era joven tuve que crusar la frontera para sacar adelante a mi familia. Trabajé de jornalero en los campos del sur de Texas. Allí cobraba mucho más dinero que aquí. Sé cuál es el mejor sitio pa cruzar el rio Bravo, y puedo darte un par de consejos que te vendrán muy bien...¡Pero ahora vamos a comer! He preparado un guisado de verduras. Veremos cómo tolera tu cuerpo la comida sólida.

—No sé qué decir—comentó emocionada—. Es usted muy bueno.

—¡Bueno para nada! Lo que yo hago lo haría cualquiera.

Ella sabía que no era así. Se puso en pie con precaución y salió de la choza.

—Voy a lavarme. Me doy asco a mí misma—comentó y salió al exterior.

Fuera encontró una tinaja llena de agua. En un gancho colgaba un cazo. Lo llenó varias veces y se arrojó el contenido por la cabeza. La frescura del agua le templó el ánimo. Se frotó como buenamente pudo tratando de limpiar las impurezas que manchaban su cuerpo. Lo consiguió en parte, porque no disponía de jabón, pero al menos ya no apestaba a excrementos y sudor.

Cuando terminó de lavarse y regresó al interior encontró al anciano esperándola. Llevaba un vestido en la mano.

—Era de mi mujer. Ella ya no lo nesesita. Te vendrá grande, pero yo lo preferiría a esa camisa que tan malos recuerdos te trae. Sapatos no tengo. Tendrás que seguir llevando las botas hasta que encuentres algo mejor.

Cogió emocionada el vestido y tapó su desnudez con la vieja prenda, que en efecto, le venía excesivamente grande.

—Gracias.

Se acercó y le dio un beso. Poco después comían en silencio.

—¿Te gusta? —preguntó Ramón.

—¡Está delicioso! Me recuerda al que preparaba mi madre.

Al recordarla su rostro perdió la alegría.

—¿No vas a desirles que estás viva? Deben de sufrir mucho.

—Lo sé, pero más sufrirían si regresase a casa. Es probable que la viuda me crea muerta, pero a lo mejor estoy equivocada y anda buscándome. En ese caso donde primero buscaría sería en casa de mis padres.

Ramón sopesó sus palabras.

—Yo tengo la misma duda. Esa malnasida es muy lista y habrá sospechado desde el prinsipio.

—¿Sospechado? —preguntó dubitativa.

—Que el insendio no ha sido fortuito. Según tú, el cabronaso de su marido te mantuvo enserrada en lo más profundo de la bodega.

—Por debajo, incluso. Era una habitación secreta, construida en los tiempos de la esclavitud.

El campesino movió la cabeza y se le vio aún más preocupado

—Rasón de más pa estar en lo sierto. Las llamas no habrán llegado hasta allí.

Juana lo miró con inquietud al comprender su razonamiento.

—En cuanto retiren los escombros bajará a comprobar si he muerto —el pánico se dibujó en su bello rostro—¡Comenzará a buscarme de un momento a otro!

—Y puedes asegurar que estará requetejodida al sospechar quién le ha quemado la casa. Removerá sielo y tierra hasta encontrarte —reconoció un apesadumbrado Ramón.

—¡Tengo que marcharme cuanto antes!

—Te llevaré yo. En mi carro irás a salvo. Puedo llevarte hasta Reynosa y desirte cuál es el mejor sitio pa crusar el rio.

—Se lo agradezco, pero no puedo pedirle tanto. Ya ha corrido demasiados riesgos conmigo.

—¡Tonterías! No tengo nada mejor que haser que ayudarte a burlar a esa penca. Mi abuelo estuvo con Santa Anna, luchando contra ese desgrasiado que se hasía llamar emperador y que en realidad solo apoyaba a los terratenientes; mi padre combatió al lado de Juárez contra el austriaco, pero yo no he hecho nada en toda mi vida, salvo acarrear boñigas y darle a la hasada. Ya es hora de que partisipe en una revolusión contra los poderosos, aunque sea mu pequeñica.

La chica lo miró agradecida.

—Se lo agradezco. La verdad es que ando algo perdida.

—Algo sería poco —respondió el campesino arrancándole una sonrisa por primera vez en muchos días—. El mejor sitio que conosco está entre Reynosa y Ciudad Rio Grande. El rio ya no es lo que era, pero puede darte un susto si te confías. Los españoles lo bautisaron con el nombre de *Rio Grande* porque llevaba mucha agua, aunque pronto se convertirá en *Rio Seco* si continúan explotándolo de manera tan irresponsable. Esos malditos yanquis acaban con todo. Lo mismo les da que se extingan los búfalos, que sus bosques se conviertan en terrenos desolados. Les dan matarile a los pobres indiesitos que habitaban aquellas tierras antes que ellos, y a los que sobreviven los ensierran en carseles que llaman reservas —Juana lo miró impaciente, al ver que se apartaba del tema que a ella más le interesaba—. Pero vamos al caso...Cuando lleguemos al sitio tienes que recorrer la orilla izquierda; la derecha no puede ser porque entonses ya estarías en Texas y sobraría tanta esplicasión —la impaciencia se acentuó—¡Carajo que poco aguante tienes, chavita! No dejas que un hombre se esprese con libertad —protestó medio indignado viendo que no lo dejaba explayarse a voluntad.

—¿Cómo era eso que me contó de que su mujer hablaba por cuatro? —preguntó con toda la intención.

—¿A poco insinúas que yo también hablo por los codos?

—Pero, por tres nada más… —respondió risueña.

—¡Güerita del demonio! Me paso la vida hablando con la mula y pa una ves que uno puede sasiar el apetito de platicar, le cortan las alas —renegó malhumorado—. Busca un álamo solitario y crusa por allí.

—¿Y si lo han cortado?

—¡Pues entonses crusa por donde te salga del moño! —explotó enfadado y renegó en voz baja: —. Todas igualitas; da lo mismo que tengan veinte que setenta. Siempre le sacan punta a to…

Juana se acercó y le dio otro beso.

—No se me enfade, papito. Es que ando algo nerviosa al ver lo que se me viene encima —el campesino la miró apenado *Aún será mucho peor de lo que te imaginas* y aceptó las disculpas— ¿Qué más tiene que contarme?

—Crusa de noche y desnúdate. Si alguien te ve con la ropa mojada te

denunsiará a la polisía de fronteras. Los gringos se creen con la obligasión moral de hacerlo. Si te detienen te entregarán a los mexicanos y ya no podrás escapar.
Juana asintió, consciente de lo mucho que se jugaba en el envite.
—Tendré cuidado.
—Dirígete hacia el norte, hasta que llegues a un pueblo llamado Donna. Una vez allí busca la parada del autobús y pide un billete para San Antonio.
Lo miró confusa.
—¿Qué es un autobús?
—Una diligensia con motor, que viaja más deprisa y lleva más gente.
—¿Qué es un motor? —Ramón resopló— ¿Es una de esas cosas que hace mucho ruido?
—¡Sí lo sabes pa que preguntas!
—No sabía que se llamaban así. En Monterrey he visto alguno. Desprenden mucho humo.
—Los llaman coches. El motor va dentro.
—¿Dentro no van las personas?
El campesino la miró enfadado, creyendo que le estaba tomando el pelo, pero en cuanto rascó la superficie solo vio a una chica ignorante e indefensa. No conocía los adelantos de la ciencia, porque aún no habían llegado a su pueblo.
—Cuando llegues a la estación de autobuses pide: *One ticket from San Antonio* —pronunció la frase con un acento más que aceptable—. Repite.
Juana pronunció mal la frase y se la hizo repetir hasta quedar satisfecho.
—No hables en español bajo ningún consepto. Si alguien te dirige la palabra señálate el oído pa darle a entender que eres sorda. Sigue estos consejos y no tendrás problemas.
La chica lo miró apesadumbrada.
—Aún no he llegado y ya aparece uno.
—¿Cuál?
—No tengo dinero.
El campesino se alzó de hombros demostrando así su impotencia.
—En eso no puedo ayudarte. Nesesitarás dólares, y los pocos pesos que yo podría darte no te servirían. Tendrás que conseguirlos por tu cuenta.
Ella quería partir al día siguiente, pero Ramón se opuso. Aún estaba demasiado débil para emprender un viaje tan complicado, que habría de requerir todas sus fuerzas. Decidieron que esperarían dos días y partirían la mañana del tercero. Llegarían al rio cuando anocheciera y así Juana no tendría que esperar mucho tiempo para cruzarlo.

Los dos días que pasó con el anciano los empleó en adecentarle un poco la casa, para al menos devolverle parte de lo que había hecho por ella.

—Puedes viajar a mi lado, pero a la menor sospecha te escondes debajo de la lona—le dijo el día de la partida y señaló una cosa mugrienta que cubría la parte de atrás del carro.

—No creo que sea necesario—comentó ella, deseando con todas sus fuerzas que así fuera.

Partieron muy temprano, cuando el sol aún no había despuntado por el horizonte. Recorrieron la primera parte del trayecto sin cruzarse con nadie. Aquella parte del país no estaba muy habitada y eso se notaba en los caminos por los que transitaban.

—Mejor que nadie nos vea—declaró Ramón satisfecho—. Por eso he querido salir tan temprano. Más adelante nadie me conose y no se sorprenderán si a mi lado ven a una chica tan bella.

Guiñó un ojo y ella sonrió.

Una hora después sufrieron el primer contratiempo.

—Parece una tormenta—comentó Juana cuando a su oído le llegó un retumbar extraño.

—Ni modo—respondió el campesino—. En esta época del año no hay tormentas.

—Pues yo oigo truenos—insistió la chica.

—Yo no oigo un carajo.

El anciano prestó atención, pero no escuchó nada.

—Eso es porque está medio sordo—le atizó ella.

—Mis oídos están perfectamente—respondió algo picado—. Eres tú la que...—dejó de hablar y prestó más atención. Ahora sí que había oído algo—¡Ah, jijo! —exclamó preocupado—¡Escóndete!

—¿Qué pasa? —preguntó Juana, sorprendida por el brusco cambio en la conducta de su amigo.

—¡Abajo te digo!

La metió bajo la lona a empujones y se aseguró de que quedase bien oculta. Poco después reemprendía la marcha. Para entonces ya se oía mucho más nítido el sonido de un motor. Azuzó la mula, procurando no exteriorizar el nerviosismo que sentía. Algo le decía que no era casual la aparición del coche que venía hacia ellos.

Se equivocaba porque lo que zumbaba por la carretera no era un vehículo de cuatro ruedas; el sonido lo producía una moto en la que viajaban dos hombres. Los adelantó como una exhalación y se perdió en la lejanía. Ramón suspiró aliviado y detuvo nuevamente el carro.

—Falsa alarma. Ya puedes salir —la chica se disponía a recuperar el sitio a su lado cuando el anciano torció el gesto y la obligó a quedarse donde estaba—. Espera… —forzó la vista para ver mejor y se apresuró a ocultarla por segunda vez— ¡Vuelven!

Aquella era muy mala señal. Significaba que los dos motoristas buscaban algo. La mala impresión se confirmó cuando la moto llegó a su altura y se detuvo con brusquedad espantando a la mula.

—Tranquila, Panchita. No te me ennervies.

Ramón le dio unas palmadas tratando de tranquilizarla. Uno de los ocupantes del ruidoso vehículo, que vestía una llamativa cazadora de cuero negro, se acercó al carro.

—¿Qué hay, viejito? —saludó en tono prepotente.

—¿Qué hay, guegón? —respondió Ramón en el mismo tono, sin dejarse achantar por aquel mamarracho encuerado— ¿Es qué ahora la polisía se dedica a espantar mulas y a chingar a los siudadanos honrados?

La parrafada pilló por sorpresa al motorista, acostumbrado como estaba a que los campesinos se cagaran de miedo en cuanto les dirigía la palabra.

—No somos policías.

El campesino levantó una ceja y lo miró con autosuficiencia.

—Yaaa…¿Tal ves los señores sean dos hermanitas de la caridá en viaje de peregrinasion a Las Vegas?

El comentario no le hizo la menor gracia al de la cazadora.

—¡Déjate de mamadas y préstame atención, no vayas a caerte del carro y romperte la crisma!

La amenaza no cayó en saco roto. Ramón sabía que aquellos dos pájaros olían a policías por los cuatro costados. El hecho de que no llevasen las insignias, a pesar de que la cazadora de cuero los delataba, demostraba que no eran trigo limpio. Un mal paso y acabaría en la cuneta con un tiro en la cabeza. Entonces la chica estaría muerta.

—Buscamos a una pibita que anda algo perdida. No está bien de la chola y queremos encontrarla para evitar que se haga daño. Va vestida con una camisa de hombre. ¿La has visto?

El campesino puso cara de idiota y contestó:

—¡Claro, compadre! La llevo en la parte datrás, pa jalármela en cuantito llegue a casita.

—¡Eso quisieras tú, carcamal! —exclamó el policía tomándoselo a broma.

—Ya te dije que no había venido por aquí. Estamos perdiendo el tiempo —comentó su compañero, al que se veía muy tenso—. Ha debido regresar a San Pedro como cree la señora. Pongámonos en marcha o la perderemos.

El motorista que permanecía al lado de Ramón oteó el horizonte en busca de quien sabe qué y asintió.

—Eso parece...—respondió y fijó la mirada en el anciano—. Sigue tu camino y olvida que nos has visto o volveré y sabrás cómo me llamo.

Le dio una palmada a la mula que la obligó a dar un brinco y subió a la moto. El vehículo de dos ruedas se alejó a toda velocidad, mientras el campesino se las veía negras para detener al asustado animal.

—¡Así revientes joputa! —gritó con el puño levantado y fue en busca de la chica.

El rostro ceniciento que surgió de debajo de la lona explicaba bien a las claras el mal rato que había pasado.

—Esos chavos olían a muerte. La viuda debe de pagarles una fortuna para que te encuentren.

—He estado a punto de mearme de miedo—confesó Juana con voz trémula—. Creía que esta vez no lo contaba. Cuando ha dicho que me llevaba en la parte de atrás he pensado que había cambiado de opinión e iba a entregarme.

Ramón la miró ofendido.

—Mal consepto tienes del ser humano. Yo no sería capaz de rebajarme tanto. Prefiero ser pobre y dormir con la consiensia tranquila, a disfrutar de un dinero manchado de sangre.

—Eso le honra.

Subieron al carro y reemprendieron la marcha.

—No lo he hecho únicamente por la honra. Tendría que estar muy siego para no darme cuenta de que esos mechudos son de los que no dejan testigos. De haberte delatado habría resibido una onsa de plomo como pago.

Continuaron su camino sin mayores contratiempos, aunque la chica no dudaba en esconderse bajo la lona si alguien venía a su encuentro. Ahora que sabía que la buscaban no quería correr el menor riesgo. Cuantas menos pistas de su paso dejara, mucho mejor.

Comieron a la sombra de unos matojos y se dispusieron a completar la última parte del camino.

—¿Chiquita? —llamó el campesino cuando se acercaban a su destino.

—¿Sí?

—Estoy pensando que ya no puedes quedarte en San Antonio.

—¿Cómo es eso? —preguntó decepcionada.

—En esa siudad la colonia hispana es muy importante, lo que te permitiría aclimatarte más rápido al modo de vivir americano, pero a cambio correrías mucho peligro.

Ella entendió enseguida.

—Allí buscarán primero. En cuanto vayan a mi casa y descubran que no he regresado deducirán que he atravesado la frontera.

—Esacto.

—¿Entonces qué hago?

—Viajar hacia el norte. Allí hase más frío, pero vivirás más tranquila.

El consejo no podía ser más sensato, aunque a ella le gustó muy poco. Las temperaturas bajas le daban mucho miedo. En su pueblo nunca descendían de los diez grados, pero había oído hablar de gente que moría congelada y no quería sufrir una muerte tan horrible. En concreto, uno de sus tíos murió en la Sierra Madre Occidental al quedar atrapado en una tormenta de nieve cuando acompañaba el ganado del rancho donde trabajaba. Lo encontraron dos meses después convertido en estatua de hielo. Ella que pensaba que jamás vería nevar y ahora resultaba que viajar en busca de la nieve era la única forma de supervivencia que le quedaba.

El carro se detuvo frente a un álamo de grueso tronco.

—Aquí sigue —apostilló Ramón con un deje de añoranza. Aquellos eran tiempos difíciles, pero la juventud que entonces disfrutaba hacía que los recordara con cariño.

Juana bajó del carro y miró hacia el rio.

—Lleva más agua de lo que pensaba —comentó algo desmoralizada.

—No te me rajes ahorita. Has pasado por situasiones peores y las has superado —la animó el anciano—. Espera a que anochesca y crusalo sin miedo.

—Le debo la vida. Nunca podré olvidarlo —le dijo emocionada.

—¡Párate o me harás llorar!

La chica lo abrazó y se metió entre las cañas que crecían en la orilla del rio.

Ramón la vio marchar con expresión triste y pensó en lo dura que es la vida.

Tan joven y lo que ha sufrido.

Y el futuro que le aguardaba no era nada halagüeño: sola, sin dinero, desconocimiento total del idioma…

Subió al carro y azuzó a la mula. El animal percibió su desánimo y se movió con lentitud.

—¡Arre mula del demonio o se nos hará de noche y vendrán los coyotes!

Juana lo siguió con la mirada hasta perderlo de vista y se sintió más sola que nunca. Al menos había recuperado la confianza en el ser humano, que los tristes sucesos vividos con anterioridad le arrebataron.

La noche llegó trayendo consigo los sonidos habituales: grillos que cantaban, ranas chapoteando en el agua y serpientes que se movían entre las cañas. Cuando una, especialmente atrevida, le rozó la pierna, ahogó un grito y a punto estuvo de cruzar el rio, contraviniendo el consejo de Ramón:

No te precipites. Cuanto más avanzada esté la noche menos posibilidades de encontrar a nadie.

Su paciencia se agotó cuando una ligera brisa comenzó a azotar los juncos, haciéndola creer que alguien venía a por ella.

El miedo le hizo imaginar cosas sin sentido.

¿Y si los de la moto han regresado y amenazado a Ramón hasta que ha confesado dónde estoy?

Se desnudó por completo y comenzó a cruzar el rio. La fría agua le produjo espasmos en los muslos de las piernas, aunque logró sobreponerse al dolor y continuó avanzando, las manos en alto, para evitar que se le mojase la ropa. A mitad de camino el agua subió bruscamente de nivel, llegándole hasta el cuello. La corriente amenazaba con arrastrarla, lo que habría supuesto el fin para ella, ya que no sabía nadar. Continuó muy despacio, procurando avanzar un pie en busca de piedras traicioneras que la hicieran tropezar; no movía el otro hasta tenerlo firmemente asentado en el lecho del rio.

Transcurrió media hora de interminable sufrimiento y por fin el nivel del agua comenzó a descender, hasta llegar a la altura de su pecho. Los brazos le dolían por tenerlos tanto tiempo en alto y temblaba de frío, pero había logrado su objetivo. Avanzó con mayor rapidez a medida que el agua se iba retirando, y poco después se dejaba caer exhausta en la otra orilla.

Estaba en los Estados Unidos.

Permaneció tumbada en la arena hasta que el frío la obligó a moverse. El cuerpo ya se le había secado y volvió a colocarse el vestido. La ausencia de luna convertía la noche en un manto de sombras. Ese hecho la beneficiaba porque nadie la veía, aunque tampoco sabría donde pisaba. De ese detalle se dio cuenta cuando intentó alejarse de la orilla y acabó metiéndose en un fangal, donde quedó atascada hasta las rodillas. Necesitó de todas sus fuerzas para liberarse y cuando lo consiguió regresó a la orilla para quitarse el barro.

Mejor será que espere a que amanezca.

Se apoyó en uno de los muchos troncos de árboles arrastrados por la corriente y se durmió en el acto. El lugar y la incomodidad del terreno no se prestaban a sueños profundos, pero el cansancio que arrastraba la chica superó todos los inconvenientes haciéndola dormir más de la cuenta. Su intención era ponerse en marcha en cuanto el nuevo día clarease, pero no despertó hasta que oyó voces, y para entonces la mañana estaba bien avanzada. El rumor de una conversación se acercaba al lugar donde ella se encontraba. No sabía lo que decían porque desconocía el idioma, pero no dudó a la hora de esconderse detrás del tronco. No tardaron en aparecer dos hombres cargados con cañas de pescar. Al menos no se trataba de la policía fronteriza, aunque eso no significaba que pudiese bajar la guardia.

En aquella parte del rio la orilla no presentaba la misma configuración que en la zona mexicana. Los americanos la habían limpiado de cañas y juncos con la intención de poder facilitar la vigilancia de su policía de fronteras. No había donde esconderse, si exceptuamos la débil protección que le ofrecía el tronco varado en la orilla. Unos metros más y la verían.

Se maldijo a sí misma por haber sido tan imprudente. No tenía perdón por haber dormido tanto tiempo.

Pero de nada servía lamentarse.

Permaneció inmóvil, con la vana esperanza de que pasasen de largo y no la vieran.

El primer pescador estaba muy cerca cuando su compañero lo llamó.

—*¡John!*

—*¿Yes?*

—*This is not the way.*

El tal John se dio la vuelta y regresó por donde había venido, sin llegar a verla. Dedujo que se había equivocado de camino y su compañero lo llamaba para que volviera a su lado. Se había librado por los pelos.

Los pescadores se fueron en dirección contraria y ella aprovechó para abandonar su precario refugio. Caminó un buen rato hasta que llegó a un bosque y se adentró en la espesura. Una vez allí se sintió mucho más protegida. Paró a descansar y lo primero que hizo fue quitarse las botas. Las llagas producidas por el duro cuero volvían a resurgir al ponerse de nuevo en camino. Se frotó los pies un buen rato y volvió a enfundárselas. En cuanto pudiera se compraría unas sandalias; sus pies descansarían y también se libraría del último recuerdo negativo que guardaba de su pasado. Había decidido olvidarse por completo de la violación y posterior huida, para así afrontar con mayor probabilidad de éxito su nueva vida.

Permaneció en el bosque mucho más tiempo del que tenía previsto en un principio. En realidad, ya no tenía prisa y por tanto era absurdo apresurarse. Se puso nuevamente en camino cuando notó que su estómago se revelaba, advirtiéndole que no había comido nada en todo el día. Llegó al otro extremo y descubrió un grupo de casas pulcramente alineadas. Todas idénticas, con esa similitud que solo los americanos saben imprimir a las cosas. En su parte delantera tenían un pequeño jardín, cercado por una valla de madera que separaba unas de las otras. Los jardines repletos de flores y la ropa tendida hablaban de la clase de personas que las habitaban: matrimonios con niños pequeños.

Su intención era bordearlas y pasar de largo, pero su estómago volvió a darle un toque de atención y no pudo obviar la llamada. Aquella era una ocasión inmejorable, que tal vez no volviera a presentarse en mucho tiempo. Los maridos estarían en el trabajo y sus esposas haciendo la compra.

La idea le repugnaba porque nunca se le había pasado por la cabeza coger algo que no le perteneciera.

Eso era antes. Ahora estás en una situación desesperada y no puedes andarte con remilgos.

Necesitaba dinero americano si quería llegar a San Antonio y no encontraría mejor ocasión que esta para conseguirlo.

Y después de todo no debía sentirse culpable. Seguro que a esta gente le sobraba el dinero.

Eligió una de las casas situadas en un extremo y se acercó casi a rastras, saltó la minúscula verja y se pegó a la pared en busca de una ventana abierta. No hay mujer en este mundo que se resista a ventilar las habitaciones y las americanas no iban a ser una excepción. Sonrió satisfecha cuando vio que una estaba entreabierta, y tras descalzarse, tomó impulso y se encaramó al alfeizar. Allí permaneció un instante tratando de dilucidar si había alguien dentro, pero tras escuchar atentamente llegó a la conclusión de que la casa estaba deshabitada; solo entonces empujó con sumo cuidado la ventana y se coló dentro. Avanzó decidida, pues no había tiempo que perder. La dueña de la casa podía regresar en cualquier momento y sorprenderla dentro; en ese caso se vería en un grave aprieto. No era mucho lo que sabía acerca de los habitantes del país de la felicidad eterna, pero había oído que los yanquis tenían el dedo rápido. Primero disparaban y luego preguntaban. A una ladrona mexicana no dudarían en coserla a tiros.

Recorrió la casa sintiéndose cada vez más admirada de lo que iba descubriendo a su paso: muebles, cortinas, utensilios de cocina…¡La casa de sus padres era un cuchitril si la comparaba con esta!

Aunque si de algo quedó prendada fue de los grifos del cuarto de baño.

¡Tienen agua dentro de la casa!

Nada de ir cargados como mulas a la fuente, o al pozo en busca del preciado elemento.

Su pueblo estaba a unas doscientas millas de aquí pero bien podía haber estado en otro planeta.

Abrió el grifo del lavabo y dejó que el agua corriera un buen rato. Lo cerró emocionada y siguió buscando el dinero que necesitaba.

Entró en el dormitorio y rebuscó por los cajones. En uno de ellos encontró un collar, pero no lo cogió. Con la experiencia del reloj ya había tenido bastante. Y tampoco quería hacerles más daño del necesario a estas personas. Ese collar podía ser un recuerdo de familia, cuya desaparición ocasionase mucho dolor. En un bolso de mano encontró un puñado de billetes. Al principio pensó en llevárselos todos, pero finalmente solo cogió los dos más grandes. Tal vez fuese insuficiente para pagarse el autobús, pero decidió que era lo más sensato que podía hacer. Si cogía todos los billetes sabrían que había estado allí y saldrían a buscarla. Por el contrario, si se llevaba tan poca cantidad los dueños de la casa dudarían de que faltasen en realidad.

¿Qué ladrón cogería únicamente dos y dejaría el valioso collar?

Cogió también un vestido de mujer que encontró en un armario y se congratuló de que le quedase aceptablemente bien.

En este caso también confiaba en que su dueña no se diese cuenta, al menos en un plazo de tiempo razonable, pues tenía muchos.

Satisfecha por lo acertado de su decisión se dispuso a abandonar la casa.

Regresó al punto de partida y se encaramó a la ventana.

Entonces escuchó un ruido que le heló la sangre en las venas.

Algo venía en su dirección.

Contuvo el aliento y se maldijo a si misma por haberse entretenido tanto y por no haber registrado todas las habitaciones, dando por supuesto que a esas horas no habría nadie durmiendo. Eran pasos ligeros, como los de un niño. En cualquier caso, daba igual. Si el pequeño la descubría comenzaría a gritar y alertaría a todo el vecindario.

Buscó desesperadamente a su alrededor un lugar donde esconderse y no tardó en encontrarlo. Descalza como aún iba se desplazó con sigilo hasta la puerta y se metió detrás. Confiaba en que el niño se marchase al no ver a nadie.

Pero no tardó en darse cuenta de su error. El inesperado visitante no era humano. Lo supo cuando unos ojillos color miel asomaron por detrás de la puerta y la miraron.

—¡Un mapache! —murmuró sorprendida.

¿Quién puede estar tan loco de tener un animal salvaje como mascota?

Sin duda un americano.

El bicho la miró indiferente y eso la tranquilizó. Probablemente lo habían adoptado siendo una cría y estaba acostumbrado a convivir con humanos.

Ya era hora de abandonar la casa. Mucho había tentado su suerte y no debía arriesgarse más. Regresó a la ventana y pasó una pierna por el marco; cuando se disponía a pasar la otra y saltar al exterior ocurrió un hecho inesperado: el animal se desplazó rápidamente y le mordió. Ahogó un grito de dolor y cayó pesadamente en la tierra del jardín. Se incorporó con dificultad, temiendo haberse roto algún hueso, aunque no tardó en comprobar que no era así. Suspiró aliviada y miró hacia el lugar donde le había mordido el mapache; allí estaba la marca de sus dientes para confirmarlo. Era un mordisco sin importancia al que no prestó excesiva atención.

Se alejó del grupo de casas, feliz de haber conseguido algo de dinero y ese vestido que la ayudaría a pasar desapercibida.

Donna era un pequeño pueblo con una calle principal muy larga. Allí estaban reunidos todos los comercios, pero no se atrevió a entrar en ninguno. No conocía el idioma y era probable que el dinero que llevaba no fuera suficiente para comprar las sandalias que necesitaba y pagar el billete de autobús. El cambio de calzado tendría que esperar a mejor ocasión. En San Antonio podría encontrar tiendas que la atendieran en su idioma.

Recordó el consejo de Ramón, buscó la parada de autobús y entonces surgió la duda:

¿Cómo es un autobús?

Tenía que habérselo preguntado al campesino, pero eran tantas las cosas que desconocía que habría necesitado mucho más tiempo para ponerse al corriente.

No le quedaba más remedio que deducirlo por su cuenta.

Llegó a la conclusión de que si los autobuses trasportaban a muchas personas deberían de ser más grandes que los coches que transitaban por la calle.

¡Allí está! –exclamó cuando vio un armatoste de gran tamaño. Sacó los dos billetes y se acercó al cobrador que aguardaba a los pasajeros al pie del autobús.

—*One ticket from San Antonio.*

Repitió las palabras que le enseñara su amigo, confiando en que el acento no delatara su procedencia.

El cobrador se limitó a señalar el cartel del frontal.

Juana no entendió que pretendía decirle con su gesto y permaneció allí plantada sin moverse. El hombre la miró con impaciencia, ya que otros viajeros aguardaban su turno de comprar el billete, y ella no se apartaba.

—*Austin*—comentó con desgana.

Juana dudó un instante y entonces comprendió que le estaba advirtiendo que pretendía coger el autobús equivocado. Ese Austin debía de ser otra ciudad de Texas.

Se apartó rápidamente, aunque ya había logrado llamar la atención de la gente que esperaba su turno. Algunos hombres la miraron con desconfianza, pero la cosa no pasó a mayores porque el armatoste arrancó a toda velocidad dejándola sola. Tomó asiento en un banco de piedra, dispuesta a esperar el tiempo que fuese necesario. La próxima vez se fijaría en el cartel que los autobuses llevaban en el frontal, evitando cometer otro error que la pondría nuevamente en evidencia. En esta ocasión tuvo que esperar una hora. Se cercioró de que era el suyo y repitió la petición.

—*One dollar.*

Estaba claro que ese era el precio del billete, pero no lo estaba tanto lo que debía de hacer a continuación. Si le daba uno de los dos billetes que había cogido en la granja, y no era suficiente, levantaría sospechas. En caso de que le diera los dos, y con uno fuera suficiente, las levantaría también. Finalmente decidió usar un viejo truco: le tendió uno de los billetes y vigiló la reacción del cobrador mientras ella buscaba en otro bolsillo del vestido. Lo vio impacientarse y comprendió que no era bastante. Sonrió para disculparse y sacó el segundo billete, rezando para que fuese suficiente. El cobrador lo cogió y a cambió le dio el ticket. La alegría que sintió cuando tomó asiento en la parte de atrás del autobús no puede describirse con palabras.

Su primer viaje en un vehículo a motor supuso una experiencia inolvidable. Sobre todo, por la velocidad a la que pasaban las cosas. Al igual que ya le sucediera en la casa donde cogió el dinero, le sobrevino la sensación de haber atravesado una puerta mágica que comunicaba con otro mundo. Era incapaz de cerrar la boca al descubrir la sucesión de impresionantes mansiones (al menos eso le parecían a ella) que iban dejando atrás. Los núcleos poblados se sucedían sin interrupción, nada que ver con lo lejos que quedaban unos de otros en su tierra natal. La carretera por la que transitaba el autobús estaba en mucho mejor estado que la de Reynosa, cuyos baches la hacían saltar continuamente dentro del carro de Ramón.

De vez en cuando aparecía un motel, ofreciendo habitaciones a los viajeros.

Pero lo que más le impresionó fueron las luces de neón. Nunca había visto algo parecido. Lucían a todas horas, parpadeaban y se mezclaban entre ellas, formando una amalgama de colores que la atraía irremisiblemente. Tuvo que dejar de mirarlas porque algunos viajeros comenzaron a prestarle demasiada atención cuando se levantaba del asiento para verlas mejor.

No necesitó hacerse la sorda, como le recomendó el campesino, porque nadie se molestó en dirigirle la palabra. Aquel era otro de los brutales contrastes con su tierra. Allí cualquiera trataba de entablar conversación contigo y hablaban todos a la vez, formándose un tumulto en el que nadie se aclaraba.

¡Qué gente tan diferente!

En este caso la frialdad de los americanos le beneficiaba.

Llegó un momento en que los letreros luminosos dejaron de llamarle la atención y decidió que ya era hora de pegar una cabezada. La pasada noche no había dormido muy bien y no sabía cuándo podría encontrar una cama. El asiento era muy cómodo y le permitiría descansar bien y recuperar fuerzas. Cerró los ojos y soñó con la realidad que ahora estaba viviendo.

—*¡Hello!*

Despertó sobresaltada cuando notó que la zarandeaban. Abrió los ojos y vio a un hombre con uniforme que la miraba fijamente.

¡Me han descubierto!

No era cierto. Ese uniforme no pertenecía a la policía. Se trataba de un empleado de la compañía de autobuses.

—*San Antounio*—informó sonriente.

Se incorporó y miró a su alrededor. No vio a nadie y comprendió que habían llegado a su destino. El resto de pasajeros se apeó del autobús sin que ninguno se molestase en despertarla. El no haber dormido en dos días la había dejado completamente agotada. Le devolvió la sonrisa al empleado, procurando en todo momento aparentar normalidad, y trató de levantarse del asiento. Fue entonces cuando notó un pinchazo agudo en la pantorrilla, en el mismo punto donde el mapache le había mordido.

Una aureola de color morado saltaba a la vista.

Esa no era buena señal.

Conocía muchos casos de personas mordidas por animales salvajes, que habían perdido la vida a causa de la infección producida. Sería gracioso que hubiese escapado a la muerte en varias ocasiones, para terminar sus días de manera tan estúpida.

Soportó el dolor como buenamente pudo y cojeando descendió del autobús. El día era luminoso y el sol brillaba en todo su esplendor. Caminó por las calles sin rumbo fijo, en busca de una referencia que le ayudase a dar el siguiente paso. Deambuló un buen rato de aquí para allá, sintiendo que a cada paso que daba las fuerzas la iban abandonando. Al malestar que le producía la herida se añadía el hecho de que llevaba muchas horas sin probar bocado. Comenzaba a desfallecer cuando la fortuna le sonrió. Escuchó a dos chicos hablando en su idioma y hacia allí se dirigió.

—Hola. ¿Sabéis dónde puedo encontrar trabajo?

Los jóvenes la miraron indecisos.

—¿Tienes papeles? —preguntó uno de ellos.

Dudó, pero finalmente decidió decir la verdad.

—No.

—Pues entonces será mejor que no lo intentes. Esta ciudad para muy cerca de la frontera y los gringos controlan a todo el que llega indocumentado. Te devolverán antes de que te des cuenta.

Todo eso ya lo sabía, pero en su actual situación no podía actuar de otra manera. Para abandonar la ciudad necesitaba dinero, y sin trabajo era imposible conseguirlo. Porque si algo tenía claro en esta vida era que no volvería a repetir el robo bajo ningún concepto. Con una vez ya había tenido suficiente.

Los jóvenes vieron aquel rostro demacrado y falto de color y la tomaron por lo que no era.

—Si andas muy desesperada sabemos de un sitio donde puedes

conseguir dinero rápidamente.

—¿Dónde? —preguntó ilusionada, sin darse cuenta de las sonrisas cómplices que intercambiaban los dos muchachos, y de que nadie regala nada si no es a cambio de algo.

—En la parte vieja de la ciudad pagan muy bien a las nuevas.

Entonces comprendió donde la enviaban y miró asqueada a los dos sonrientes muchachos.

—Yo no soy de esas.

—¡Pos no serás desas pero se te ve requetechingada!—se burló uno de ellos.

Allí no iba a encontrar ayuda y prefirió seguir buscando.

—¡Espera! —los dos chicos corrieron hasta alcanzarla. Parecían avergonzados de su comportamiento—. Te pedimos perdón por haberte hablado así. Nuestros padres también lo pasaron muy mal cuando llegaron a esta ciudad. Sobrevivieron gracias a la ayuda de los que habían llegado antes que ellos. Llégate a la misión del indisito y allí te darán cobijo unos días.

—¿Dónde está?

—No hay pérdida. Tira calle adelante hasta que la encuentres. El cura se llama Quatemoc.

Les dio las gracias y partió con ánimos renovados en busca de esa misión, un edificio que ejerció esa función durante la conquista del Nuevo Mundo, cuando predicar la palabra de Dios entre las tribus indígenas suponía una muerte casi segura.

Encontró la puerta cerrada y tuvo que esperar un tiempo, que se le antojo interminable, hasta que hizo su aparición un hombrecito achaparrado y de fuerte complexión. El color de su piel y su aspecto general dejaban bien claro de donde procedía.

—¿El padre Quatemoc?—preguntó avanzando a su encuentro.

—El mismo. ¿En qué puedo servirte, jovencita?

—Voy de paso; busco trabajo y un lugar donde dormir.

El sacerdote no respondió enseguida y se limitó a meter la llave en la cerradura de la puerta. Juana pensó que no había oído la petición y se dispuso a repetir la pregunta, pero el cura respondió antes de que pudiera hacerlo.

—Muy mal debe de estar nuestro país cuando la gente joven se ve obligada a abandonarlo—respondió el sacerdote con expresión triste.

—Muy bien no está, aunque el mío es un caso especial.

El cura la miró fijamente.

—Te obligaban a casarte en contra de tu voluntad y has tenido que huir.

—Algo así…

Se adentraron en las entrañas del edificio y Juana se vio gratamente sorprendida por el frescor que se respiraba allí dentro, en contraste con las altas temperaturas del exterior.

—Nuestros antepasados sabían hacer las cosas mucho mejor—comentó el sacerdote al notar que ella se percataba del cambio—. Tal vez tenga algo para ti, siempre y cuando no te importe dormir en el almacén. Tendrás compañía, pero al menos dormirás bajo techo.

A Juana la idea de compartir habitación con otras personas no le hacía la menor gracia y así lo reflejó su rostro.

—Me parece que no lo has entendido—explicó sonriente—¿Le tienes miedo a las ratas?

—¿Esa es la compañía a la que se refería?

—¡Pues claro!

Respiró aliviada.

—Estoy acostumbrada a su presencia. En el campo, donde vivía antes de venir aquí, las encuentras por todas partes. Alguna se paseaba tan tranquila por la casa que hasta parecía de la familia.

El cura sonrió al oír la respuesta.

—Me alegra que aún tengas capacidad de gastar bromas, a pesar de lo mucho que has debido de padecer. Limpiarás la iglesia y a cambio te ofrezco cama, comida y unas cuantas lecciones de inglés, que te ayudarán a desenvolverte mejor en esta tierra.

—Se lo agradezco—respondió emocionada.

—La comida no es muy abundante porque la comparto con los indigentes que acuden todos los días a pedir ayuda.

Aquel hombre de Dios era de los que se merecía un lugar en el Paraíso, si en verdad existía.

No podía engañar a alguien así y decidió contarle la verdad:

—He entrado ilegalmente en el país. No quisiera que se viera envuelto en algún problema por mi culpa.

—No te preocupes; lo hago muy a menudo. En cuanto pueda solicitaré un permiso de residencia, alegando que trabajas aquí. Cuando te marches dentro de unos días podrás desplazarte libremente por el país.

—Es mucho más de lo que me hubiese atrevido a pedir—afirmó radiante de felicidad.

—Acompáñame y te enseñaré la habitación.

Caminaron un poco más y entonces el sacerdote se percató de que cojeaba.

—¿Qué te ha pasado?

—Poco después de atravesar la frontera me mordió un animal.

Quatemoc se detuvo y la miró preocupado.

—¿Qué tipo de animal?

—Un mapache.

La respuesta no hizo más que agravar la preocupación del cura.

—¿Te ha visto un médico?

Juana se alzó de hombros.

—No tengo dinero ni para comer.

No hizo falta más explicación.

—Cuando termine la misa de esta tarde le pediré a uno de los feligreses que te eche un vistazo. Estoy seguro de que el doctor Pérez lo hará con mucho gusto. Es un buen hombre, que solo cobra a los que pueden pagarle.

El almacén era un auténtico desastre. Los objetos se acumulaban sin orden ni concierto y una capa de polvo lo cubría todo.

—No suelo limpiar mucho este sitio... —se disculpó azorado.

—Lo dejaré tan limpio que no podrá reconocerlo —aseguró ella y se puso manos a la obra mientras el sacerdote preparaba el oficio.

Al acabar la misa se acercó a uno de los feligreses y le habló.

—Enséñale la herida al doctorsito —le dijo a Juana cuando la iglesia quedó vacía.

La chica permaneció quieta, sin saber qué hacer. La presencia de los dos hombres la cohibía.

—No tengas miedo. Yo soy médico y Quatemoc es hombre de Dios. Puedes levantarte la falda sin pudor.

Esas palabras la tranquilizaron y permitieron que abandonase las reticencias que la mantenían bloqueada. Obedeció y enseñó la mordedura.

—¿Cuánto hace que la tienes?

—Dos días —respondió ella.

El médico torció el gesto al verla más de cerca.

—¿Es grave? —preguntó Quatemoc.

—Depende de si el animal estaba infectado. Si le ha contagiado la rabia no sobrevivirá.

A Juana le flaquearon las piernas y necesitó apoyarse en uno de los bancos.

—¿Y cuánto habrá de esperar para saberlo?

—Cuarenta días. Si transcurrido ese periodo no se manifiestan los síntomas, habrá pasado el peligro. Solo queda esperar y rezar.

Rebuscó en su maletín, que siempre llevaba encima porque nunca sabía cuándo podían requerir sus servicios, y le dio un desinfectante—. Límpiala todos los días con esto, no vaya a ser que no hayas contraído la rabia y acabes infectada por la herida en sí misma, pues la verdad es que se ve muy fea.

Los dos hombres se estrecharon las manos con cordialidad y el médico se marchó.

—Tendrás que quedarte más tiempo del que pensabas—comentó el cura al verla muy preocupada.

Desde luego que era todo un contratiempo. Si los policías mexicanos que la buscaban atravesaban la frontera, al primer lugar que vendrían sería a San Antonio.

—En tu mirada veo dolor. Has debido de sufrir mucho. Si lo necesitas puedes hablar conmigo. El secreto de confesión es sagrado; lo que me cuentes no lo sabrá nadie más.

Juana lo miró avergonzada al comprender que se había visto forzado a pronunciar esas palabras al ver que ella no confiaba en su discreción. Ya no tenía derecho a seguir desconfiando de todos los hombres, tras su encuentro con Ramón y la desinteresada ayuda que le prestó.

—¿Quieres confesarte ahora?

—Sí.

La llevó al confesionario.

—Confieso haber matado a una persona.

Quatemoc no pudo evitar un carraspeo delatador. Había escuchado muchas barbaridades en sus años de sacerdote, pero jamás hubiese sospechado que una jovencita como aquella pudiera confesar algo tan terrible. El mundo se estaba convirtiendo en un lugar inhóspito, donde el ser humano prefería el odio al amor.

La chica fue desgranando la historia de sus últimos días y el confesor no pudo controlar la emoción. Era lo más increíble que había oído jamás. El Creador probaba muy a menudo la fe de sus criaturas, pero en ocasiones se le iba la mano. Esta era una de ellas.

—No sé qué decir, hija mía—comentó cuando la chica concluyó el relato—¿Te arrepientes de lo que has hecho?

—No—respondió categórica—. El hombre que me secuestró era un sádico y un asesino. De no haber acabado con su vida seguiría matando y violando chicas inocentes.

El cura movió la cabeza en sentido afirmativo.

—Entiendo como sientes y mi corazón aplaude tu decisión, pero no puedo darte la absolución sin arrepentimiento.

—¿Eso quiere decir que me condenaré eternamente cuando muera? —preguntó angustiada.

—¡En absoluto! Lo único que trato de explicarte es que este pobre cura no tiene capacidad para tomar decisiones en temas tan difíciles como el que tú planteas, pero me da la impresión de que nuestro Señor en su Infinita Misericordia ya te ha perdonado y ha mandado a ese hijo de puta—se santiguó y murmuró algo parecido a una disculpa, por haberse excedido con sus palabras—a purgar sus pecados al Infierno.

La respuesta la tranquilizó un tanto.

—¿Podré quedarme con usted ahora que conoce mi secreto?

—¡Con más razón! El deber de todo sacerdote es velar por las almas descarriadas y ayudar a que encuentren el camino de la verdad. Eso sí, te aconsejo que salgas lo menos posible. Los perros de presa que te persiguen pueden aparecer en cualquier momento.

—Puede estar tranquilo que no saldré.

Cumplió lo prometido y procuró no dejarse ver. El único contacto que tenía con la gente del exterior era a través de los mendigos que acudían en busca de ayuda, y en ellos confiaba ciegamente.

—*¿De dónde ha sacado esa chica tan guapa, padresito?*—preguntaron la primera vez que la vieron ,y desde entonces aguardaban impacientes el momento del reparto para poder verla.

Transcurrieron los días, siempre con la angustia de ver aparecer los primeros síntomas de la infección.

Si notas rigidez en las piernas y dificultad para respirar vivirás como máximo una semana.

Las palabras del doctor estaban presentes en todo lo que hacía. Rezaba mucho y asistía a misa todos los días, con la esperanza de que sus ruegos fuesen atendidos y no llegara a infectarse. El cura se esforzaba en hacerle aprender lo más rápido posible el idioma del país, consciente de que la chica deseaba partir cuanto antes. Metida de lleno en esa dinámica fueron pasando los días.

—Ese hombre lo engaña.

Quatemoc fijó su vista en uno de los mendigos que aguardaba pacientemente a que le llegara el turno y se preguntó en qué se basaba la chica para acusarlo.

—Se llama Dionisio.

—Uno de sus compañeros me ha dicho que tiene trabajo y aun así viene a pedir comida.

—Te han informado bien—respondió el cura.

Juana lo miró sorprendida.

—¿Lo sabe?

—Por supuesto. Dionisio tiene siete hijos y una hermana viuda que vive con él. Sus ingresos son insuficientes para darles de comer a todos. Necesita cualquier ayuda que podamos brindarle.

A Juana no le pareció bien, pues eran muchos los que se quedaban sin nada en el reparto y se marchaban con el estómago vacío, aunque era cierto que al día siguiente ocupaban los primeros lugares en la cola y de esa forma nadie se quedaba más de un día sin comer. Eso no valía para Dionisio porque siempre recibía la comida en primer lugar.

El nerviosismo de la muchacha fue en aumento a medida que se acercaba el plazo establecido para salir de dudas.

Quatemoc preguntaba lo mismo todas las mañanas:

—¿Cómo va la herida?

A la que ella respondía invariablemente:

—Estoy bien.

Justo el mismo día en que se cumplía el plazo sucedió lo que tanto temía.

—¡Es uno de ellos!

El sacerdote se disponía a salir al púlpito para dar inicio a la ceremonia cuando Juana lo sujetó del brazo y señaló a uno de los feligreses. Lo reconoció porque llevaba la misma cazadora que ella entrevió desde su refugio bajo la lona del carro de Ramón.

Quatemoc fijó la vista en el hombre que ella señalaba.

—¿Es uno de los policías que te buscan?

Juanita asintió temblorosa.

—Quédate aquí y no te muevas.

El sacerdote se acercó al perro de presa y le tendió la mano.

—Bienvenido a mi comunidad.

El policía miró al indio y despreció su mano.

—¿Saluda personalmente a todos los feligreses que acuden a su iglesia? —preguntó en tono altivo.

—Únicamente a los nuevos y a los que necesitan mi ayuda.

La respuesta puso en guardia al policía.

—¿Ayuda para qué?

—Para dejar a un lado la maldad y encontrar el camino verdadero— respondió sonriente, pero su expresión no mostraba alegría alguna.

Aquella indirecta no fue del agrado del matón.

—Déjese de jodiendas y ayúdeme de otra forma.

—Tú dirás.

—Busco a una chiquita muy desarrollada.

—¿Desarrollada? —demandó el cura con su expresión más inocente.

—Ya sabe…

—No, no lo sé. Si no te explicas mejor no podré ayudarte.

El policía comenzaba a perder los nervios y a darse cuenta de que:

¡Este cura guevon me está jodiendo a propósito!

El resto de feligreses permanecían atentos a la conversación, sin entender muy bien lo que pasaba.

—Es una joven medio loca que ha huido de su casa.

—¿Y quién la busca?

—¡Sus padres, quien carajo va a ser! —respondió irritado—. Temen que algún desgraciado abuse de su inocencia.

—Ve tranquilo hijo mío. Si aparece por aquí una chiquita muy desarrollada y medio loca serás el primero en enterarte —respondió con gravedad.

—Me hospedo en el hotel del Paso. Avíseme si la ve y no se arrepentirá. La familia ofrece una sabrosa recompensa a quien de cualquier información.

—Pues si es sabrosa le vendrá muy bien a los pobres de la parroquia. Andan algo desnutridos por falta de alimentos que echarse a la boca.

El policía se marchó con la sensación de que aquel maldito cura le estaba tomando el pelo.

Quatemoc regresó al lado de Juana y descubrió que se había ido.

—¡Carajo! —exclamó cuando imaginó lo que estaba haciendo. Corrió hacia la sacristía y la vio a punto de saltar por la ventana.

—¡Párate, chiquita!

—Será mejor que me vaya —respondió ella y se dispuso a dar el salto.

—¿No creerías de verdad que iba a denunciarte a ese desgraciado para que me diera la recompensa? —preguntó indignado.

La chica dudó al verlo tan enfadado.

—Es muy tentadora. Con ese dinero podría alimentar mucho tiempo a los mendigos.

—¡Baja de ahí y no digas más pendejadas! —la chica obedeció y cerró la ventana—. Ni se viste a un santo desvistiendo a otro, ni esa clase de gente es capaz de dar nada. La recompensa es tan falsa como él.

—Lo siento —se disculpó cuando se dio cuenta que había desconfiado por segunda vez de una buena persona y no tenía motivos. Lo achacó a los muchos sufrimientos que había padecido recientemente.

—Voy a celebrar la misa y luego hablamos.

Cumplió con su obligación y volvieron a reunirse.

—¿Esos chavos te han visto alguna vez? —preguntó el sacerdote mientras se desprendía de la estola.

—No, pero supongo que la viuda les habrá dado una descripción detallada de mi aspecto.

—En ese caso lo mejor será cambiártelo.

—¿Cómo va a cambiármelo?

—Un corte de pelo te vendrá muy bien. Yo mismo puedo hacerlo. En mis tiempos mozos hice de todo.

—¿Trabajó de peluquero?

—No, pero esquilé ovejas en San Fernando.

Juana lo miró incrédula.

—¿No irá a comparar mi pelo con la lana de una oveja?

—¡Claro que no! Lo tuyo será mucho más fácil —respondió risueño—. Además de cortártelo te aplicaré un tinte rojizo, muy popular entre las mujeres de mi tierra. Llevan años usándolo y da la casualidad que yo sé cómo prepararlo.

—¡Santa Madre de Dios! —exclamó la chica al ver el mal rato que le aguardaba.

—No mientes a nuestra Madre que no es para tanto.

Lo del corte tuvo un pase. Su pelo largo se trasformó en una media melena que incluso le favorecía, pero el tinte ancestral ya fue otro cantar, bastante más desentonado. Preparó un mejunje maloliente y se lo aplicó en el pelo.

—Ya verás que bien te sienta. Es una mezcla de caoba y rojo fuerte. Darás un cambio radical.

¡Y vaya si lo dio!

Cuando vino de lavarse el pelo y vio que Quatemoc se rascaba la cabeza con expresión desolada supo que el resultado no era el previsto.

—Yo juraría que esa era la mezcla adecuada.

—¿No ha quedado rojo intenso?

—Me temo que no.

—¿Y caoba?

—Menos…

La chica buscó un espejo y cuando lo encontró lanzó un gemido.

—¡Me han salido canas! —gritó al borde de las lágrimas.

—No exageres, pibita. Te ha quedado un bonito pelo color ceniza…¡Ahora nadie te reconocerá! —exclamó jubiloso.

—¡Ni mi propia madre me reconocería!

—Dentro de unas semanas recuperará el color original —comentó el sacerdote, tratando de restarle importancia al desaguisado.

Una vez superada la primera impresión negativa comprendió que era lo mejor para ella. Su aspecto actual era mucho más serio, y ese detalle, unido a los conocimientos básicos de inglés que ahora poseía, la harían pasar completamente desapercibida.

—Mañana seguiré mi camino —comentó poco después.

—¿Por qué no te quedas unos días más y te aseguras al cien por cien de que no has enfermado?

—Prefiero salir lo antes posible. Ahora que sé que me buscan no estaría tranquila. No deseo poner en peligro a más personas. El campesino que me salvó la vida corrió gran riesgo ayudándome y lo mismo le ocurriría a usted si me encontraran aquí.

—A mí no me harían nada.

—No esté tan seguro. Esos hombres están acostumbrados a eliminar cualquier testigo que pueda incriminarles y no se paran ante nada.

Quatemoc asintió.

—Puede que tengas razón.

—Mañana partiré a primera hora —se acercó y lo abrazó—. Gracias por ayudarme.

—Que descanses.

Llevaba muy poco tiempo acostada cuando le pareció oír una conversación subida de tono. Se levantó de la cama, abrió la puerta del almacén y escuchó atentamente. Ahora ya no le quedaba dudas: alguien discutía acaloradamente. Recorrió el pasillo con sigilo y arrimó la oreja a la puerta de la sacristía.

—¿Dónde está? —oyó que preguntaban.

—¿Quién? —en este caso reconoció la voz de Quatemoc.

Se escuchó un golpe seco y la chica se encogió involuntariamente.

—Ya sabes de quién hablo. O nos dises donde está esa putita resbaladisa o te mataré a palos.

En este caso era un segundo hombre el que hablaba.

Otro golpe.

¡Estaban golpeando a su amigo para que confesase su paradero!

No podía permitirlo. Alargó la mano hacia el pomo y de un tirón abrió la puerta. Dos hombres sujetaban a Quatemoc y un tercero se disponía a golpear nuevamente. El rostro del buen hombre sangraba profusamente a causa de las heridas que le habían producido los puñetazos de ese animal.

—¡Aquí me tenéis! —gritó y traspasó el umbral—. Dejad tranquilo al sacerdote.

—¡Es esa! —exclamó un cuarto hombre, al que ella no había visto porque permanecía oculto en las sombras—. Es la joven que buscan. El cura la ha mantenido oculta, pero yo sabía que la tenía escondida en el almacén.

Era Dionisio. El traidor los había vendido por un puñado de plata.

—Tenías todita la rasón, chiquita—comentó un apesadumbrado Quatemoc refiriéndose a la advertencia que ella le hizo sobre ese hombre.

Ya era demasiado tarde para lamentaciones. La atraparían y se la entregarían a la viuda negra. Sus días estaban contados.

O tal vez no…

Un rápido vistazo al cura le devolvió parte de la esperanza perdida. Quatemoc señalaba con la mirada hacia la ventana abierta de la sacristía. Si la alcanzaba tendría muchas posibilidades de salir bien parada.

Los dos policías soltaron al sacerdote y fueron a por ella; para alcanzarla debían de rodear la silla donde el indio estaba sentado. Pasaron a su lado y tropezaron con las piernas que este último acababa de extender, y trastrabillaron.

Juana aprovechó la oportunidad y se lanzó por la ventana sin pensárselo dos veces. La sacristía daba al patio trasero y desde allí podría escapar fácilmente.

—¡Cójanla, inútiles! —gritó el que parecía estar al mando.

Demasiado tarde; la chica alcanzó el callejón y se perdió entre las sombras.

Los dos policías cogieron sus linternas y salieron en persecución de la fugitiva.

—¡Ve con ellos! —exigió el jefe dirigiéndose al delator.

Dionisio retrocedió.

—¡Me matarán si saben que les he ayudado! —exclamó horrorizado.

—¿Quién te matará?

—Los mendigos que duermen en el callejón por donde ha huido la chica.

En efecto, decenas de indigentes se acurrucaban en sus mantas para soportar mejor el relente de la noche. Los dos policías acababan de descubrirlos y no salían de su asombro.

—¡No he visto a tanto chamagoso junto en mi vida! —declaró uno de ellos—. Seguro que esa puerca se ha escondido aquí.

—Dicen que América es tierra de oportunidades…¡La oportunidad de morirte de hambre! —se burló su compañero mientras dirigía la linterna hacia los durmientes.

—¿Por qué no os vais a cascarla a otra parte, metiches? —protestó uno de los mendigos cuando la luz de la linterna le dio en los ojos.

Uno de los policías se acercó y le dio una patada en las costillas.

—¡Todos en pie!

Ninguno se movió.

—¿No me habéis oído? —el policía golpeó a otro mendigo.

—¡Ándele huevon y no toque más la vaina! —gritó uno de los del fondo.

—¿Quién ha dicho eso? —preguntó fuera de sí. Aquellos desechos de la sociedad se estaban burlando de él y no podía consentirlo.

—¡Tu chingada madre, porque tu papito no pue ser ya que nunca lo conosiste! —se escuchó en el lado opuesto y un coro de risas acompañó la exclamación.

La burla acabó por descomponerlo, hasta el punto de echar mano de su pistola

—¿Nesesitas enseñarnos la pistolita pa ocultar lo que no tienes en la entrepierna?

La alusión a su falta de hombría lo enfureció todavía más. Le dio un par de patadas al que tenía más cerca, que lo dejaron medio derrengado.

—¿Dónde está? —inquirió con la pistola en la sien del mendigo.

—¿Quién?

—¡La chica que ha pasado por aquí corriendo! —gritó a punto de perder los nervios.

—¡Una chica y yo sin saberlo!

El policía lo golpeó con más saña hasta que perdió el conocimiento.

—¡Ya déjalo! Aquí no hay más que borrachos y gente desesperada a la que no les importa morir. Esa zorra ha debido pasar de largo —su compañero impidió que siguiera golpeando al pobre desgraciado—. El comisario hace la vista gorda, pero si hay un muerto dejará de ser nuestro amigo y se olvidará de los dólares que le hemos dado. No vale la pena que nos metamos en líos por culpa de uno de estos cerdos apestosos.

—¡Y vosotros sois dos mariconas!

Esta vez ya no hicieron caso del insulto y continuaron buscando a la fugitiva. Poco después la zona recuperaba su tranquilidad habitual y Juana pudo emerger de la pila de cartones donde se había ocultado.

—Os doy las gracias. De no haber sido por vosotros me habrían atrapado.

—Mejor será que te apures, niña. Esos dos cuates son de lo más bicho. Si te encuentran no tendrán piedad contigo.

—Decidle al padresito que le agradezco lo que ha hecho por mí.

Se despidió de los mendigos, que nada tenían, pero cuyo valor humano era infinitamente superior al de muchos otros, y se dejó engullir por la noche. Abandonó la ciudad sin poder despedirse de su benefactor y sin destino fijo, pero con una idea en mente:

Viajar al norte, siempre hacia el norte.

Llegó a Dallas en diciembre de mil novecientos veinte.

Parecía que habían transcurridos siglos desde aquel nefasto día en que la secuestraron y en realidad había sucedido unas semanas atrás.

Creía haberse desplazado lo suficiente hacia el norte para librarse de sus perseguidores, pero en cuanto se detuvo y leyó el cartel de bienvenida a la ciudad comprendió que aún se encontraba en peligro.

¡Sigo en Texas!

No le quedó más remedio que seguir avanzando. Tal vez la inmunidad de los policías mexicanos terminase cuando cambiara de estado. Esa era la única esperanza que le quedaba.

A derecha e izquierda de la carretera por donde transitaba descubrió unas imponentes torres de madera; todas juntas formaban un bosque artificial, que se perdía hasta donde alcanzaba la vista. No lo sabía, pero aquellas torres de perforación pronto sacarían petróleo y enriquecerían a una buena parte de la población tejana.

Algo después llegó a una bifurcación en la carretera y tuvo que decidirse por uno de los dos caminos. Era temprano, el sol le daba en pleno rostro y ese detalle decidió por ella. Eligió el ramal del este para continuar sintiendo su caricia, pues de siempre se había sentido feliz al recibirlo. Mucho más tarde, cuando el ocaso de la vida nos lleva a retrotraernos en el tiempo, y al echar la vista atrás recordamos esos momentos decisivos en que todo pudo cambiar, dependiendo de la decisión que tomamos en un momento dado, Juana recordaría aquella decisión tan trivial, que cambió por completo su vida y a punto estuvo de quitársela.

Tulsa-Oklahoma 260 millas.

Rezaba el cartel y ella se alzó de hombros, pues lo mismo daba un sitio que otro. Lo importante era cruzar cuanto antes la frontera interestatal. En su decisión también influyó el hecho de que la carretera que se dirigía hacia el este era de menor importancia que la otra y por tanto estaría mucho menos transitada, lo que le ayudaría a pasar desapercibida.

Caminar por aquellos parajes solitarios era muy peligroso para ella. Algún conductor podía tomarla por lo que no era y pretender propasarse.

La fortuna le sonrió nuevamente cuando cerca de Anna descubrió un basurero en el que encontró ropa usada en buen estado. Le pareció increíble el despilfarro del que hacían gala las gentes de este país. En México matarían por una de esas chaquetas o por la cazadora con capucha incorporada que recogió. Con ella puesta se trasformaba en uno más de los miles de vagabundos que recorrían las carreteras americanas. El pantalón de trabajo que le dio Quatemoc completaba la transformación.

Quatemoc...

Recordó al buen cura y se preguntó que habría sido de él.

¿Le habrían hecho pagar la decepción de no encontrarla?

Creía y confiaba en que no fuera así; eso al menos se desprendía de las palabras que dijo uno de los policías cuando quiso evitar que su compañero destrozase a patadas al mendigo. El comisario que los protegía se olvidaría que los conocía si asesinaban a un ciudadano tan popular como el cura. Lo más probables es que le hubiesen propinado una paliza y con ello se darían por satisfechos.

Aun así, se sentía mortificada por haberlo puesto en peligro.

Su experiencia con los mendigos que solicitaban ayuda en la misión le hacía sentirse muy tranquila cuando se cruzaba con uno de ellos; se saludaban con una inclinación de cabeza y seguían su camino. Eran pobres y procuraban apoyarse entre sí.

Mucho peor eran los considerados seres normales, ya que usaban cualquier medio para proteger sus dominios. La avaricia los volvía crueles y malvados. Preferían arrojar las sobras a la basura que compartirlas con los más necesitados. Lo sabía bien porque durante el viaje de vio obligada en más de una ocasión a rebuscar en los basureros para alimentarse, y allí encontró ingentes cantidades de alimentos a medio consumir.

Los árboles frutales que encontró por el camino completaron su dieta; una dieta escasa que no tardó en reflejarse en su cuerpo.

Si alguna vez se veía obligada a atravesar algún núcleo poblado lo hacía con rapidez, sintiendo las miradas de desprecio fijas en su espalda. Había tomado la precaución de detenerse a la salida del pueblo y aguardar allí una hora. Si transcurrido ese tiempo no salían en su busca reemprendía la marcha. Tenía muy presente que su situación seguía sin regularizarse. La precipitada huida de la misión había impedido que Quatemoc le consiguiera el permiso de residencia. Tanta precaución se reveló acertada cuando dejó atrás Savannah, se detuvo a la sombra de un arce, y desde allí vio pasar a toda velocidad un coche de la policía.

No le quedó la menor duda de que la buscaban a ella. Alguien del pueblo la denunció. Permaneció escondida hasta que lo vio regresar y entonces se alejó a toda prisa.

Por la noche dormía donde buenamente podía, casi siempre a merced de los elementos. La temperatura descendía de forma gradual a medida que se desplazaba hasta el norte y la lluvia se fue convirtiendo en una compañera habitual. Lo que más le asustaba eran las tormentas que descargaban decenas de rayos a su alrededor. Su madre solía dibujar una cruz de sal en la puerta de casa para evitar que los rayos cayeran en ella, pero ahora estaba muy lejos de allí y no podía protegerla.

La ropa siempre húmeda le provocó un molesto resfriado. Tosía con fuerza y eso la obligaba a detenerse muy a menudo.

A pesar de todos esos inconvenientes se sentía más viva que nunca. Era una superviviente y ya no le temía a nada. No existía placer más grande para ella que imaginar el rostro de la viuda cuando sus esbirros le informasen que había escapado cuando ya la tenían en sus manos. ¿Montaría en cólera y los amenazaría con mil y un tormentos si no la encontraban?

En cualquier caso, podía considerarse todo un éxito que una campesina semi analfabeta desafiara el poder de aquella dama tan poderosa.

Algo después de atravesar un largo puente metálico sintió la llamada de la naturaleza y se apartó de la carretera para hacer sus necesidades. El día era ventoso y amenazaba nuevamente con descargar la molesta lluvia. Se quitó la capucha y dejó que el viento le alborotase el pelo. La suciedad y el llevarlo tanto tiempo tapado resultaban muy perjudiciales. Miró hacia el cielo y pensó:

Ojalá no llueva o empeorará mi resfriado.

Regresó a la carretera y continuó caminando. Cada vez se notaba más cansada, por lo que sus piernas se movían mecánicamente.

El cansancio le hizo perder concentración; por ese motivo no escuchó el sonido del motor hasta que lo tuvo prácticamente encima. El vehículo se detuvo a su lado con un chirriar de frenos y ella dio un salto a causa de la sorpresa, abandonó la carretera y caminó por la cuneta. Si eran policías no podría escapar. Un rápido vistazo al vehículo la llenó de tranquilidad: se trataba de un coche negro sin insignias. Recapacitó y la tranquilidad desapareció por completo. Si alguien se detenía al lado de un mendigo nada bueno podía presagiar. Apretó el paso hacia la maleza que bordeaba la carretera, con la vana esperanza de refugiarse allí.

—¡Chica! —la llamada la llenó de sorpresa. Habían adivinado su condición femenina, a pesar de llevar la cabeza tapada con la capucha. La autora del grito era una mujer. Dejó de caminar, pero no se dio la vuelta —¿Ande vas por medio las hierbas? Vuelve aquí antes de que una serpiente te dé un buen susto.

Ahora si se dio la vuelta y la sorpresa inicial aumentó considerablemente. En un primer momento imaginó que la mujer acompañaba al conductor, pero ahora se dio cuenta de que era ella la que conducía el coche.

Y era negra.

En efecto, una negrita de amplia sonrisa le hacía gestos con la mano para que regresara a la carretera.

—¿Tas asustao malamente?

A pesar de comprender medianamente bien el inglés (el padresito había hecho una encomiable labor enseñándole a toda prisa), esta mujer hablaba muy raro y Juana casi no la entendía.

—Seguro cas pensao que era uno desos desgraciaos que asaltan a las mujeres —sus dientes eran tan blancos que destacaban en el rostro de color.

—No he pensado nada porque no parezco una mujer —respondió malhumorada.

La otra soltó una risotada.

—¡Pero si cantas a una milla!

—No se cantar —respondió con seriedad.

La negrita la miró de hito en hito.

—Me refiero a que se te ve el palmito por tos laos. Esos andares tuyos son de mujer de bandera ¿No sabes el refrán de la mona?

—A mi pueblo hace tiempo que no acuden los trovadores —manifestó con expresión agria.

La mujer soltó otra carcajada.

—¿Tas escapao de la Edad Media?

Juana no respondió y siguió caminando por la carretera, pero eso no amilanó a la conductora, ya que no tardó en situarse de nuevo a su altura.

—Te he visto cuando has parao a vaciar la vejiga y me dicho a mí misma: *¿Ande irá esa anciana de pelo canoso por estas solitarias carreteras?*

La mexicana se maldijo a si misma por semejante imprudencia. Tenía que haberse alejado un poco más de la carretera, o no haberse desprendido de la capucha.

—Al acercarme he comprobao que eres mucho más joven de lo que creía, y he vuelto a decirme: *A esa pobre muchacha lan desgrasiao el pelo y merece que layudes. Llévala hasta ande te pida.*

—Por cierto, ¿mataste al peluquero que te hizo esa desgracia en el pelo?

Juana vio que la dominaba la risa y le faltó precisamente un pelo para mandarla a tomar por saco, pero la tentación de ahorrarse una buena caminata acabó imponiéndose y se contuvo.

—Anda, sube y no sable más. Te llevaré hasta Tulsa y no te cobraré na.

La joven mexicana se resistió un poco más, pero finalmente acabó cediendo a la tentación de asentar sus posaderas en el mullido asiento del coche. El último cartel que había visto en la carretera le informaba de que aún quedaban por recorrer ciento cuarenta millas hasta la antigua *Ciudad sin Ley* y eso suponía una buena caminata.

—Me llamo Amanda—se presentó la conductora y le tendió la mano. Juana la miró sorprendida y dudó, pues no estaba acostumbrada a que la gente le diese la mano, gesto que la negrita malinterpretó—¡No he despellejao a ningún crio blanquito con ella! —protestó ofendida.

—Lo siento.

Se apresuró a estrecharla y el coche arrancó a toda velocidad. Aunque ya había probado las delicias de desplazarse en un vehículo con motor, la experiencia de subir en el autobús que la llevó a San Antonio no podía compararse con esta otra. Amanda corría bastante más y su coche parecía una caja de zapatos si lo comparaba con la robustez del autobús.

—¿Es tu primera vez?

La pregunta de la conductora la obligó a apartar la vista de la carretera y prestarle atención.

—¿La primera vez? —inquirió sin saber a qué se refería

—¡No pongas esa cara que no testoy preguntando si ya has estrenao el chichi dándote un revolcón con algún machote! Na más que quiero saber si es tu primer viaje en coche. Por la cara de asustá que pones, así lo parece.

Aquella mujer la irritaba profundamente, pero no le quedó más remedio que reconocer que era graciosa.

—He subido en autobús, aunque no es lo mismo.

—¡Pos claro que no! Pa sentir la sensación de velocidá hay que subir en uno destos trastos—se dio cuenta de que su acompañante la estaba sintiendo más de la cuenta y se avino a tranquilizarla…a su manera—. No ties que preocuparte de na. Soy la mejor conductora del estado (se le olvido decir que era también la única). Conmigo tu culo está más a salvo que el de una monja de clausura.

Juana no lo tenía tan claro como ella (y no era solo porque la mitad de las cosas que decía no las entendía). No dudaba de su habilidad en el manejo del volante, pero sí de su concentración a la hora de prestar atención a lo que tenía delante. Cada vez que quería explicar algo la miraba un buen rato antes de devolver su atención a la carretera; para entonces el coche se había acercado peligrosamente a la cuneta y sus manos apretaban con tanta fuerza el salpicadero, tratando de agarrarse a cualquier sitio, que los nudillos se ponían blancos.

—Lo tengo controlao—decía antes de pegar un volantazo y devolver el vehículo al centro de la carretera.

Justo en medio de la conversación (conversación en la que hablaba solamente una persona) se encontró con un carro cargado de lechugas. El campesino atravesaba la calzada la mar de tranquilo cuando vio que se le echaba encima un proyectil negro.

—¡Cuidado! —advirtió Juana.

Amanda devolvió la vista a la carretera y maniobró con gran habilidad, sorteando el obstáculo sin el menor esfuerzo.

—¡Quítate denmedio so animal! —le gritó al petrificado campesino cuando pasó a su lado a toda velocidad—. Estos lechuguinos se creen que la carretera es suya.

Juana giró la cabeza, justo a tiempo de ver como el hombre levantaba el puño y decía algo de una madre.

—Y yo en la tuya...¿Por ande íbamos?—preguntó tan tranquila la intrépida conductora.

—Hablaba de su hermana—recordó la chica con un hilo de voz.

—¡Cierto! De su casa vengo. Acaba de parir otro sobrinito. Na más que pa criar hijos vale la mu desgraciá. Yo le digo que parece una coneja sin capar, pero en cuanto me descuido sa quedao preñá otra vez. Tos los años suelta uno. Pues saber en qué año se casó contando la prole. Ocho tiene.

—¿Es mayor?

—El mes que viene cumple veinticinco. Esta mañana le dicho que pa ir ahorrando tiempo podía tenerlos de dos en dos, ¿y sabes lo que ma contestao?

—No.

—¡Que tener gemelos es lo que más ilusión le haría en la vida! Entonces podría sentirse desarrollá como mujer—escupió por la ventanilla abierta—Que tía más pelleja...

—¿Usted no tiene hijos?

—Deja de hablarme de usté que maces más vieja de lo que soy—regañó con sonrisa pícara—. Ni tengo hijos ni mario; aún tie que nacer el guapo que maguante. Yo soy mu especial e independiente. Los hombres solo buscan una esclava que les lave los calzones, haga la comida y les desahogue el calvo cuando pide guerra.

Juana sufrió un ataque de risa al oírla calificar de esa manera al aparato reproductor masculino.

—¿Qué tace gracia? —preguntó mirándola estupefacta.

—Nada, nada...Continúe por favor.

—¿Ties novio?

La chica negó demasiado rápido para que una mujer tan corrida como Amanda no supiera que algo extraño sucedía.

—Entonces eres de las mías. Como dice el refrán: la *que pierde un buen hombre no sabe lo que gana.* Que aprendan a limpiar la casa y a respetarla

a una y después ya veremos...
Definitivamente aquella mujer le gustaba.

—Le agradezco que me lleve hasta Tulsa. Me ahorraré un buen trecho del camino.

—¿Hacia dónde te diriges?
Realmente no lo sabía, aunque probablemente tampoco le habría dicho la verdad en caso de saberlo.

—Hacia el norte—respondió evasivamente.

—Eso es tanto como no decir na—la miró fijamente—. Aunque viendo como reaccionaste cuando me paré a tu lao, es comprensible que seas tan prudente. Juraría que huyes dalguien.
La joven no respondió y fijó la vista al frente.

—¡Ta bien, mujer! No hace falta que te fíes de esta malvada negra, que va a denunciarte al siñorito blanco en cuanto lleguemos a la siudá.
Juana comprendió que la había ofendido y trató de rectificar el entuerto.

—No es lo que cree, aunque prefiero no contar nada para no meterla en mis líos.

—Líos es lo único que nunca la faltao a mi gente, desde que nuestro Señor escogió a dos blanquitos pa inaugurar la especie—condujo un rato en silencio—. No hace falta que me cuentes tu vida; en los ojos llevas escrito como eres. Si necesitas trabajo puedo ofrecerte uno.
La oferta le produjo gran satisfacción.

—Me vendría muy bien. ¿A qué se dedica?

—A la comida rápida—Juana la miró extrañada—. Supongo que no sabes lo ques eso.

—No.

—En el barrio ande vivo, Greenwood, la mayoría de gente es de mi raza. Podemos afirmar con orgullo que se trata del lugar habitao por afroamericanos más próspero del país. Allí no falta el trabajo y por eso mucha gente come fuera de casa. Ahí es ande interviene una servidora pa darle de comer a tanto negrito hambriento. Tenemos servicio a domicilio y también se pue recoger en el propio local. Muchos comen en el coche y regresan al trabajo.
Juana le dedicó una mirada incrédula y un tanto horrorizada.

—¿Quién puede comer en un sitio como este?—preguntó, abarcando con las manos tan reducido espacio.

—Más vale comer algo en un sitio como este, que na en un palacio. Seguro que has comio en sitio peores.
Le dedicó una de sus brillantes sonrisas y le metió caña al acelerador.
Tres horas después avistaban las primeras casas de Tulsa y poco antes del

mediodía llegaban a Greenwood. A la mexicana le sorprendió el lujo de algunas viviendas, señal de que en aquel barrio se movía dinero.

La gente se detenía y saludaba a Amanda.

—Veo que eres muy popular—comentó Juana.

—Sace lo que se puede…

El coche se detuvo frente a un edificio en cuya pared se podía leer *Fast Food*. Siguió a la dueña hasta el interior del local y conoció a sus nuevos compañeros. La saludaron con cordialidad y continuaron trabajando.

—¿Ande podemos colocar a Juana? —le preguntó a una chica muy alta. Al menos debía de medir uno noventa y cinco.

—En la sección de ensaladas falta personal—respondió la empleada.

—¡Pos a pelar cebollas como una negra!

La chica alta le dedicó una mirada de reproche a su jefa.

—Esta larguirucha se escandaliza por to—respondió sonriente, le guiñó un ojo a la mexicana y preguntó a su empleada: —¿Somos o no somos negros?

—Si señora.

—¿Y pelamos cebollas en este negocio?

Otro sí.

—¡Pos arreando!

—Gracias por el trabajo—le dijo Juana antes de que Amanda abandonase la cocina.

—No me lo agradezcas todavía. Igual dentro de una hora tarrepientes daberte quedao.

Muy improbable le parecía, porque realmente necesitaba el trabajo y procuraría conservarlo a cualquier precio. Por otra parte, aquella gente parecía muy agradable y no imaginaba otro lugar mejor que Tulsa para iniciar una nueva vida.

Peló cebollas hasta quedarse sin lágrimas y de allí pasó a cortar lechugas.

—¿Tanta comida servimos? —le preguntó a su compañera.

—La jefa ofrece precios muy competitivos y se está haciendo con todo el mercado.

Asintió y siguió cortando, hasta que un jovencito con cara de pillo fue a buscarla.

—Dice la señora Amanda que te vengas conmigo.

Acompañó al muchacho de casa en casa, repartiendo la comida que los clientes habían pedido. La dueña no hacía distinciones entre sus trabajadores y deseaba que fueran capaces de lleva a cabo cualquier tarea. Ella misma predicaba con el ejemplo, y lo mismo se remangaba y fregaba cazuelas, que ayudaba a descargar un camión de leña.

La jornada terminó a las diez de la noche y entonces llegaron las dudas.

—¿Puede recomendarme una pensión que no sea muy cara?

Amanda negó taxativamente.

—Te vienes a mi casa. Es mu grande y sobra sitio. Cuando cobres el primer sueldo podrás buscarte un sitio ande vivir.

La joven mexicana sintió por tercera vez en poco tiempo que la embargaba la emoción, al descubrir un ser humano con gran corazón. Esta mujer le estaba facilitando mucho las cosas y no podía estarle más agradecida.

Cobró la primera paga y siguió viviendo con ella. Ambas se sentían muy felices compartiendo vivienda. Los sinsabores del pasado quedaron atrás, pero una cosa es olvidarse de los malos recuerdos y otra muy diferente es desprenderse de los traumas que han quedado gravados a fuego en nuestra mente. Uno de sus compañeros intentó un acercamiento, pero ella no le dio la menor oportunidad. Se trataba de un morenito de pelo rizado y tez brillante, por el que cualquier otra chica hubiese suspirado, y sin embargo ella no sentía nada cuando estaba a su lado.

¿Estaba condenada de por vida a sentir rechazo cuando un hombre trataba de conquistarla?

Se había hecho el ánimo de quedarse para siempre allí cuando sobrevino el desastre.

Juanita no era tonta y por eso no tardó en darse cuenta de un detalle.

—He notado que todos nuestros clientes son de color—preguntó una noche en que las dos mujeres escuchaban la radio, sentadas frente al fuego. Solían escuchar música durante media hora y luego se acostaban. Era una costumbre de su anfitriona, que la mexicana adquirió con naturalidad.

—¿Te sorprende?

—Un poco. Lo normal es que sirviéramos también a la gente de raza blanca.

Amanda la miró fijamente, sorprendida una vez más ante tanta ignorancia.

—Creo que no estás mu al tanto de cómo son las cosas por aquí—Juana no sabía a qué se refería y esperó a que se lo explicara—¿Has visto muchos blanquitos por el barrio?

—La verdad es que no—reconoció pensativa.

—No quieren tratos con nosotros. Ellos viven en sus barrios y prefieren no mezclarse con los negros—sacudió la cabeza tratando de apartar cualquier vestigio del desasosiego que sentía al hablar de ese tema, pero no lo consiguió y Juana se dio cuenta—. Mejor así. Si pudieran nos aplastarían como a insectos, solo por ser de una raza diferente a la suya. No soportan queste barrio sea el más próspero de la ciudá. El petróleo recién descubierto ha hecho millonarios a muchos, pero si eres negro ya no les parece tan bien. La envidia y el odio los ciega.

Esas palabras la desconcertaron profundamente.

—Tenía entendido que en este país ya no existían problemas de racismo. En la escuela nos enseñaron que la guerra entre esclavistas y abolicionistas zanjó el asunto a favor de los últimos.

La negrita arrugó la nariz, como solía hacer cuando algo le olía mal.

—Pos tan enseñao mal. Los gobernantes predican la igualdá, pero a la hora de la verdá somos un grano en el culo pa esta sociedá toa hipocresía. No tenemos los mismos derechos que los blanquitos ni podemos usar los baños públicos que usan ellos. Los nuestros están en la parte más alta de los edificios, para que así no tengan que soportar nuestra ingrata presencia. Los trasportes públicos están identificaos por razas y pobre del negrito que se le ocurra subirse en uno que no sea el suyo. Dentrar en sus bares y comercios mejor ni hablar. Techan a patás en cuanto cruzas la puerta. La Decimoquinta Enmienda prohíbe cualquier discriminación cuando vas a votar, pero a la hora de la verdá la mayoría de estados discriminan a la gente de mi raza con absurdas excusas pa impedirles que lo hagan.

—¿A qué tipo de excusas se refiere usted? —preguntó Juana, profundamente conmovida por lo que estaba escuchando.

—Te exigen pruebas de alfabetización, sabiendo como saben que la mayoría de negros somos analfabetos…¡Cojones que ya se encargan ellos de no darnos las mismas oportunidades que a los blanquitos! En otros sitios nos cobran un impuesto si queremos votar, conscientes de que la mayoría de negros tienen los trabajos peor pagaos y no pueden ejercer el derecho al voto por falta de dinero. ¿Y tú sabes lo ques peor de to?

—No.

—Que los enemigos de nuestra raza nos echan en cara que no tenemos interés por la democracia…¡Hay que ser un hijo puta mu refinao pa acusarte de algo que impiden que hagas!

—¡Eso es muy cruel! —estalló indignada.

—Y si algo pasa le echan la culpa al negro.

Esas proféticas palabras se hicieron realidad al día siguiente. Iban camino del local cuando vieron más movimiento de lo normal. Grupos de hombres discutían acaloradamente (las mujeres, además de negras, eran también mujeres y aún no les alcanzaba para tener los mismos derechos que los varones) en plena calle.

Amanda detuvo el coche y se dirigió a uno de los hombres.

—¿Qué pasa, Zacarías?

El mentado se acercó al coche.

—Can detenio a uno de los nuestros.

—¿De qué lo acusan?

—De robar a una mujer blanca, pero el acusado lo niega—Amanda miró a Juana, recordándole la conversación de la pasada noche—. Vamos a protestar tos juntos pa que reparen la injusticia. ¿Tapuntas?

—No tengo tiempo pa protestas—respondió la empresaria.

El Zacarías la miró enfadado.

—¿Y crees que los demás lo tenemos? Vamos a perder el jornal pa ayudar a nuestro compañero. Si tos hiciéramos como tú lo abandonaríamos a su suerte y no tardarían en colgarlo duna rama.

La reprimenda la hizo recapacitar.

—Me lo pensaré—alegó sin comprometerse.

—Piénsalo rápido porque salimos ya. Tu coche nos vendría mu bien pa desplazar al personal.

—¡De eso na! Ma costao un ojo de la cara y no voy a dejar que me lo destrocen esa pandilla de energúmenos protestones—señaló al resto de

manifestantes, reanudó la marcha, los dejó atrás y comentó en voz alta: —
Tan locos si piensan que van a hacerles caso. Ese pobre negro ta más
condenao que el nazareno cuando lo juzgó Herodes. Les van a dar una
buena tunda pa recordarles quien manda y volverán bien jodios.

—Pero al menos hay que intentarlo—se aventuró a opinar la mexicana.

—¿Tú también eres revolucionaria? —preguntó la jefa en tono de guasa y
recordando de donde procedía su asalariada, comentó: —. Se molvidaba
quen tu país montáis una revolución a ca instante. Mucho: *¡Viva Zapata!*
y *¡Abajo la tiranía!*, pero al final siempre mandan los mismos. Los
campesinos y jornaleros apoyan a los nuevos líderes, aunque acaban igual
de muertos dambre cantes, o bajo un metro tierra.

¿Qué podía alegar Juana para rebatir algo que era cierto?

Los intentos por derrocar a los gobernantes se sucedían uno tras otro y en
el fondo nada cambiaba.

—No pienso desatender mi negocio pa irme de parranda con esos
descamisaos.

La conversación quedó zanjada, al menos durante un tiempo.

El que tardaron en llegar al negocio que regentaba.

—¿Cómo que san ido? —preguntó Amanda cuando entró en su local y lo
encontró medio vacío.

—A la manifestación. Dicen que pelearán si es necesario—explicó una de
sus empleadas.

Los cuatro empleados varones se habían unido a los manifestantes y se
dirigían al centro de la ciudad.

—Tan locos. Si provocan a la policía les darán la excusa que llevan
tiempo buscando. Esa gentuza quiere nuestras posesiones y ahora
tendrán la oportunidá de venir a por ellas. Ese limpiabotas ha puesto en
marcha un monstruo que pue devorarnos a tos—concluyó con
pesimismo.

—El chico no tiene la culpa—intervino una segunda empleada—. Ha
tropezao con esa chica blanca que trabaja en el ascensor y sa vuelto medio
loca. Lo acusa de robo, de querer forzarla, de pegarle…Ha cambiao tantas
veces la versión ca vuelto también locos a los policías.

Amanda la miró comprensiva. Sabía que el limpiabotas era primo de esa
chica y por tanto era normal que lo defendiera.

A partir de ese momento los acontecimientos se precipitaron y acabaron
provocando el desastre antes mencionado.

El primer indicio de lo que iba a suceder vino de la mano de una editorial
de prensa. El Tulsa Tribune sacó una edición especial narrando los hechos
a su manera: la carroña negra había tacado salvajemente a la joven blanca.

Se hablaba incluso de violación.

¡Linchemos al negro!

Con esa frase tan subida de tono concluía la editorial.

La arenga soliviantó aún más los ánimos de la población blanca, que acudió en masa al Palacio de Justicia, lugar donde estaba encerrado el presunto autor del delito. Allí se encontraron con los negros llegados de Greenwood, cuya cantidad era sensiblemente inferior. Los hombres del sheriff montaron un cordón policial para evitar el asalto al Palacio y a ellos se unieron un grupo de ex soldados que habían combatido en los campos de batalla europeos, luchando por defender a esos mismos blancos que ahora deseaban linchar a uno de los suyos. Unos dos mil en total, armados con escopetas de caza y pistolas, avanzaron decididos, provocando el nerviosismo de los policías. Enfrente tenían a hermanos y primos que los increpaban duramente, exigiendo que se apartaran y dejasen el camino libre.

Estaba claro que se apartarían al menor contratiempo y este no tardó en producirse.

—¡Matemos a los negros! —gritó alguien y se oyó el primer disparo.

Poco después las balas silbaban por todas partes, provocando la desbandada de los defensores del limpiabotas. Se replegaron hacia Greenwood, perseguidos por el grupo de exaltados.

—Hoy no ha sido un buen día —comentó Amanda mientras repasaba las cuentas.

—A la gente se le va las ganas de comer cuando hay problemas —respondió Juana y prestó atención a un sonido que llegaba del exterior—. Parecen disparos.

Las dos mujeres se asomaron a la puerta y entonces escucharon la algarabía de gritos y disparos. Amanda palideció al comprender que sus peores augurios se habían hecho realidad.

—¡Cerrad las ventanas! —ordenó a sus empleadas, que la miraron aterrorizadas, incapaces de asimilar tan rápidamente lo que se les venía encima.

Juana se preguntó cuánto resistirían esas ventanas sin rejas el acoso de una turba enloquecida.

—¿Puedo ir a casa? —rogó la más joven—. Mi madre es muy mayor y está sola.

Amanda observó esos rostros asustados, que luchaban por no dejarse arrastrar por el pánico, y las mandó a todas a casa.

—Id. Ya limpiaremos mañana antes de abrir —anunció con voz tranquila, a pesar de ser consciente de que para ellas no habría un mañana. Esos salvajes no se conformarían con darles un susto. Habían olido sangre y no se detendrían hasta acabar con ellos. Su negocio, levantado con gran esfuerzo, no estaría allí cuando despuntase el nuevo día. Sintió rabia y frustración, pero no se vino abajo.

Juana y ella terminaron de cerrar todas las ventanas y bloquearon la puerta.

—En cuanto el gobernador se entere de lo que está pasando aquí enviará a la Guardia Nacional para protegernos—comentó la dueña con un deje de esperanza en la voz. Para entonces el rumor de gritos y disparos las rodeaba.

Juana se atrevió a asomarse a la ventana que tenía más cerca y su expresión horrorizada lo dijo todo: vio a un grupo de hombres blancos, armados con rifles y palos, atacar a dos negros que les habían plantado cara; les dispararon a bocajarro y los remataron a golpes, hasta que los dos cuerpos quedaron convertidos en masas sanguinolentas de carne. El horror aumento considerablemente cuando un grupo de encapuchados, blandiendo antorchas y   profiriendo gritos racistas se acercaron al local. La chica se refugió en un rincón y comenzó a temblar descontroladamente al saltar hecha añicos una de las ventanas.

—¡Malditos hijo putas! —exclamó Amanda—. Voy a salir y demostrarles que no les tengo miedo a esos blanquitos de mierda.

—¡No salga ahora! —gritó Juana, pero ya no pudo detenerla. La conmoción sufrida al ver como la chusma descontrolada apaleaba hasta la muerte a esos dos infelices le había impedido reaccionar a tiempo y avisarla del horror que le aguardaba fuera.

¿Habría servido de algo?

Probablemente no. Amanda era de esa clase de personas que no retroceden con facilidad, por muy dura que sea la apuesta en contra.

Su temperamento de mujer luchadora le impedía mantenerse callada ante una injusticia como la que estaba viviendo en aquellos momentos.

La dueña del local de comida rápida abrió violentamente la puerta y se encontró cara a cara con los asaltantes; su mirada se desvió hacia los dos cuerpos destrozados, en medio de un gran charco de sangre, y la expresión de rabia cambió a perplejidad y finalmente a temor. Comenzó a retroceder tratando de buscar refugio en su local, pero ya era demasiado tarde. Uno de los encapuchados se acercó y la cogió del pelo.

—¡Mirad lo que he pescado!

—¡Es la furcia que conduce uno de esos coches modernos! —exclamó un segundo encapuchado, que ella reconoció en el acto por la voz. Era uno de los aprendices del taller mecánico donde llevaba el Ford para que le hicieran el mantenimiento. Se trataba de un muchacho muy agradable, que siempre le hablaba con educación; sin embargo, ahora parecía una bestia sedienta de sangre.

El grupo de salvajes se acercó y la rodearon.

—¡Esta puta negra ha salido a recibirnos en lugar de esconderse como el resto de ratas! Pa mí que quiere lio.

—¿Quieres decir que esta negra es puta o que además de puta tiene la desgracia de ser negra? —preguntó un tipo obeso.

La pregunta provocó las risas de sus compañeros.

—No lo sé. ¿Quieres que se lo pregunte?

—Por favor...Así sabremos a qué atenernos—respondió el gordo.

—¡Déjate de preguntas! —exclamó otro vándalo, y le dio un golpe en el pecho a Amanda con la culata de su rifle—¡De rodillas, puerca!

El golpe la dejó sin aliento y apenas pudo sostenerse en pie, por lo que cayó de rodillas en contra de su voluntad.

Mientras tanto Juana contemplaba la terrible escena sin poder moverse. El miedo la paralizaba por completo. Le habría gustado salir en ayuda de su amiga, pero correría su misma suerte. Lágrimas de impotencia recorrieron sus mejillas. El mundo se había vuelto loco y deseaba que ella presenciase todas las locuras que los seres humanos eran capaces de poner en marcha. Quiso apartarse de la ventana para no tener que presenciar lo que sin duda sucedería a continuación, pero la esperanza de que sucediera un milagro que salvase a Amanda la mantuvo pegada al cristal.

El cerdo vestido de blanco (pido perdón al resto de cerdos vestidos de blanco) se bajó los pantalones, dejó al descubierto su pene y obligó a la indefensa mujer a metérselo en la boca, azuzado por los gritos y risas del resto de cobardes.

—¡Veamos cuanta experiencia tienes!

Las náuseas le produjeron arcadas y a punto estuvo de vomitar.

—¡Me parece que no le gusta la carne blanca!

Las lágrimas dificultaban la visión de Juana y el recuerdo de un hecho similar ocurrido a ella misma la llenó de horror, pero lo que sucedió a continuación no podía compararse con nada de lo que había vivido con anterioridad. Quedaría grabado a fuego en su cerebro. Amanda giró ligeramente la cabeza hacia el lugar donde se encontraba la mexicana y en sus ojos vio un brillo salvaje que le ayudó a comprender lo que se proponía la valiente mujer.

—No lo haga...—musitó en voz baja, justo en el instante en que un grito desgarrador sacudió la zona.

—¡La zorra ha mordido a Tom! —exclamó el que la sujetaba del pelo al comprobar que su compañero se retorcía de dolor.

Se escuchó un disparo y la bala de gran calibre atravesó el cráneo de Amanda, esparciendo su masa encefálica por todas partes.

—¡Joder, Sam, nos has puesto perdidos de sesos! —protestó el gordo.

—¿Y qué querías que hiciera? No iba a dejar que desgraciara a nuestro compañero.

—Me parece que has llegado tarde —las miradas del grupo de salvajes convergieron en el imprudente (que había cometido la locura de meter su pene en la boca de alguien que sabía que iba a morir, y no perdía nada llevándoselo por delante) de cuyo pene amputado salía la sangre a borbotones.

—¡Llevadlo al hospital y después quemadlo todo! —ordenó el que parecía encabezar el grupo.

Dos botellas incendiarias volaron hacia el local y estallaron en medio del comedor.

Por segunda vez en su vida la joven mexicana se vio atrapada por el fuego. La única salida posible se la ofrecía la puerta que daba al almacén; escaparía por la ventana y pediría refugio en alguna casa próxima, confiando en que no la quemaran también. No tardó en darse cuenta de que esa opción era inasumible porque las iban quemando todas de manera metódica.

El asalto estaba planeado hasta el último detalle, como pudo comprobar al ver a varias mujeres blancas cargadas con bolsos. Los hombres esperaban a que ellas entraran en las viviendas y saquearan todos los objetos de valor que encontraban a su paso, para luego quemarlas. Sonreían y enseñaban el botín, como si en lugar de participar en una de las peores matanzas racistas de la historia, hubiesen acudido a una de esas fiestas comarcales que tanto les gustan a los americanos.

Una hora después la mayor parte de las viviendas de Greenwood ardían, y seguía llegando más gente, movida por la sed de venganza.

Juana se escondió tras unos arbustos y desde allí fue testigo de escenas de un horror indescriptible: a un anciano invalido lo ataron al parachoques de un coche y lo arrastraron por la calle principal. A los que se negaban a abandonar sus casas los quemaban dentro. Más apaleamientos, niños colgando de los arboles...

Había perdido toda esperanza cuando vio algo que la llenó de alegría.

¡Los soldados!

Por fin había llegado la Guardia Nacional. Pondrían orden y detendrían a los asesinos. Creía estar a salvo, aunque no tardó en darse cuenta de su error. ¿Cómo iba a saber ella que a esos soldados los reclutaban entre la población? Salió de su escondite y se dirigió a uno de ellos, sin percatarse de que ese militar habría formado parte de la chusma de no haberse visto obligado a colocarse el uniforme.

—¡Señor!

El soldado se dio la vuelta rápidamente y apuntó con su fusil a la figura que se acercaba.

—¡No te muevas o disparo!

Juana se detuvo y alzó los brazos para demostrarle que no suponía ningún peligro.

—Tú no eres negra —preguntó sorprendido.

—No señor, pero he visto lo que ha sucedido. Detengan a esos salvajes antes de que maten a todo el mundo.

El arma del soldado había dejado de apuntarla, pero volvió a hacerlo cuando Juana realizó la petición.

—No sé de donde sales, aunque tengo claro a quién defiendes. Simpatizas con los negros y por tanto mereces correr su misma suerte —aseguró lleno de odio.

En los ojos del militar vio que la había condenado a muerte y supo que iba a morir, pero un segundo antes de que apretase el gatillo alguien lo sujetó por detrás y le rebanó el cuello. Cayó entre estertores de muerte y su arma fue recogida por el hombre que acababa de degollarlo.

—¡Vamos! —le gritó su salvador al ver que no se movía. La muerte seguía jugando con su vida, pero nunca daba el paso definitivo y se la llevaba. Parpadeó aturdido y entonces reconoció al muchacho que trabajaba con ella en el local de Amanda.

—¿Y la jefa? —preguntó al ver que estaba sola.

—Le han disparado en la cabeza —respondió mecánicamente.

—¡Puercos! Quieren matarnos a todos y no se detendrán hasta conseguirlo.

—¿Qué hacemos?

—Huir. El barrio está condenado. Algunos de los nuestros confiaban en salvarse cuando llegasen los soldados, pero yo sabía que no sería así. Combatí con ellos en las trincheras francesas y sé cómo piensan. La mayoría hubiese preferido dispararnos antes a nosotros que a los alemanes. Odian al negro y quieren que desaparezca de la faz de la tierra. En mi pelotón éramos dos chicos de color y siempre que podían nos hacían la vida imposible. Nos insultaban, escupían en nuestras raciones de comida y dudaban de la honra de nuestras madres —miró al caído y escupió en su cara—. Este ya no volverá a joder a nadie más.

Se escucharon disparos a muy poca distancia de donde ellos se encontraban y casi al instante apareció un grupo de gente que huía de la matanza.

—¡Dirigíos al rio Arkansas y ocultaos en las cañadas! —les gritó el antiguo soldado—. Con el nuevo día la situación mejorará. El gobernador se verá presionado por el presidente y mandará tropas para que restablezcan el orden.

Otros dos ex soldados llegaron corriendo, armados también con rifles. Entre los tres acumularon cajas de madera que cogieron en un almacén cercano y montaron una posición defensiva.

—Yo también me quedo —se ofreció Juana.

—Vete con ellos, muchacha. Eres valiente, pero nada puedes hacer aquí —respondió admirado el chico de color y rápidamente cambió el tono de admiración por otro más resignado—. Son muchos y nos barrerán enseguida.

—Puedo arrojarles piedras.

—Esta no es tu guerra. Márchate y cuéntales a todas las personas decentes que encuentres en tu camino lo que has visto aquí. Que sepan que han cometido un genocidio con toda esta pobre gente, cuyo único crimen es tener el color de la piel distinto al suyo. Si todos morimos silenciaran el hecho y nunca se sabrá la verdad.

Juana iba a decirle que a ella tampoco la escucharían, porque solo era una *espalda mojada* sin papeles, pero no pudo hacerlo ya que dos proyectiles se incrustaron en una de las cajas que servía de protección.

—¡Vete! —su compañero le dio un fuerte empujón que la apartó de su lado y devolvió los disparos.

Ella dudó un instante y finalmente se marchó hacia el lugar por donde había visto desaparecer a los refugiados.

No tardó en alcanzarlos.

La mayoría estaban heridos y apenas podían sostenerse en pie, debido al cansancio y a la conmoción sufrida en las últimas horas.

Su capacidad de dolor alcanzó su cenit cuando vio a una madre, con un disparo en la pierna, que cargaba con su hijita pequeña, a pesar de notarse claramente que no podía dar un paso más.

—¡Dámela! —le gritó con las manos tendidas.

La mujer la miró horrorizada

—¡No toques a mi hija, sucia asesina! —gritó la madre y trató de protegerla de aquella joven blanca, a la que creía uno de los asaltantes.

Juana se dio cuenta enseguida de lo que pasaba y trató de tranquilizarla.

—No estoy con ellos. Soy la chica mexicana que trabajaba en el negocio de Amanda.

La negrita tardó un instante en reconocerla y por fin suspiró aliviada.

Le tendió a la niña y las dos mujeres emprendieron una huida frenética contra el tiempo. Los tres soldados continuaban resistiendo, porque aún se oía el sonido de sus disparos, pero, ¿cuánto más podrían hacerlo con la escasa munición que disponían y la manifiesta superioridad de los asaltantes?

Diez minutos después sobrevino un silencio descorazonador.

Juana comenzó a llorar, pero no se detuvo ni un solo instante. Sudaba copiosamente debido al tremendo esfuerzo de cargar con la pequeña, pero el miedo le daba alas. Era consciente de que la única posibilidad que tenían de salir con vida de aquella masacre estribaba en alcanzar el rio y ocultarse en la maleza, como les recomendó su compañero a los que huían. Allí estarían seguros, al menos hasta que se hiciese de día, y tal vez entonces la cordura retornase a esas mentes desequilibradas.

—No puedo dar un paso más—la madre se tumbó en el suelo y respiró agitadamente.

La pequeña lloraba ruidosamente, alertando su posición a los posibles perseguidores. Juana miró nerviosa hacia el lugar de donde venían, temiendo que de un momento a otro hicieran aparición los asesinos.

—Tenemos que seguir—apremió a la mujer herida.

—Es imposible. Llévate a mi hija y ponla a salvo.

Sin duda era la decisión más correcta, pero cuando se disponía a hacerlo algo se movió en las sombras.

¡Ya es demasiado tarde!

Eso pensó hasta que descubrió aliviada que era su antiguo compañero; venía solo y también cojeaba.

—Me han dado en el muslo, aunque probablemente solo se trate de un rasguño—giró la cabeza, tan nervioso como Juana—. Me vienen pisando los talones. Mejor será que corramos.

La mexicana miró primero a la madre exhausta y luego a él.

—No llegaremos muy lejos—comentó resignada.

—Apóyate en mi hombro y déjate llevar—le ofreció su mano a la herida y esta recuperó la esperanza. La fuerza y determinación del soldado le hizo recuperar la confianza perdida. Se levantó, ahogando un gesto de dolor, y dejó que la ayudara. A su espalda se oían gritos y órdenes apresuradas. Los asaltantes trataban de reorganizarse, una vez superado el escoyo que suponían los tres ex soldados. Ahora no avanzarían tan confiados, temiendo que en cualquier instante surgiera una bala desde la oscuridad, que apenas podían horadar las antorchas que portaban.

Los tres fugitivos alcanzaron un punto en que la hierba les llegaba a la cintura.

—Estamos muy cerca—comentó el compañero de Juana—. El rio está justo delante.

Otras personas de color los flanqueaban a uno y otro lado, buscando desesperadamente la salvación. No sabían que aún les aguardaba otra sorpresa negativa.

—¿Qué es eso?

Juana se detuvo y prestó atención a un sonido apagado. El ex soldado escuchó atentamente y negó convencido.

—No oigo nada.

Pero ella insistió, al estar segura de que algo venía en su dirección. En la carretera de Reynosa ya dio muestras de su excelente oído al advertir con mucha antelación al campesino que la ayudó a escapar, de la llegada de los dos motoristas.

—Es un sonido que viene del cielo.

El hombre la miró dubitativo.

—Del cielo solo puede venir el...—fue entonces cuando le llegó nítido el sonido de los motores y su cara reflejó miedo—¡Al suelo! —grito con desesperación y se arrojó sobre la hierba.

Juana llevaba corrido lo suficiente en la vida para saber que la diferencia entre morir o seguir viviendo pasa por un instante de duda. No sabía cuál era el motivo que había causado la reacción del ex soldado, pero no dudó en imitarlo y arrojarse al suelo. La niña seguía llorando y ella trató de protegerla con su cuerpo de esa imprevista amenaza a la que aún no había puesto nombre.

La primera explosión la hizo encogerse todavía más y algo pasó volando por encima de su cabeza. Al principio creyó que se trataba de uno de esos dragones *escupe fuego* de los cuentos de su abuela.

O tal vez sea un Ángel del Infierno, enviado por Satanás para ayudar a los demonios que nos persiguen.

Pero no se trataba de seres mitológicos. La amenaza que sobrevolaba sus cabezas era muy real. Los aviones procedían de una base área situada a solo unas millas de Tulsa. Alguien había "pedidos prestados" algunos biplanos y bombardeaban con ellos a los negros que huían. Algún tipo de ayuda debieron de obtener de los mandos de la base, de lo contrario no se explica la facilidad con que los consiguieron. Les arrojaron botellas incendiarias para obligarlos a salir de la hierba alta. No tardaron en aparecer los incendios, y aprovechando la luz que emitían las llamas, los ametrallaron sin piedad. Era como cazar patos. Juana observó preocupada el avance de las llamas. Si el aire no cambiaba, pronto las tendría encima. Trató de conservar la calma y no huir a la desesperada, algo que supondría una muerte segura. Dedicó un instante a observar la evolución de los aparatos voladores, consciente de que podría aguantar el calor casi hasta el final. En San Pedro se alcanzaban temperaturas de cuarenta y siete grados a la sombra en pleno verano y a ella nunca le había molestado el calor. Algunos de los refugiados que tenía al lado no fueron capaces de resistir la tensión y abandonaron el precario refugio que suponía la hierba. Cayeron abatidos por las ametralladoras y ninguno escapó.

El fuego se acercó rápidamente y la niña comenzó a llorar con más fuerza.

—Aguanta, pequeña—le dijo en castellano sin darse cuenta que no la entendía. Sus brazos cubrían la mayor parte de su cuerpo, pero aun así debía de estar pasándolo mal.

Esperó hasta que el calor se hizo insoportable y entonces echó a correr en dirección al rio. Tal y como suponía, el humo producido por el incendio la protegió de los cazadores, impidiendo que pudieran verla. Corrió con todas sus fuerzas y se arrojó al agua, sintiendo un alivio instantáneo; seguro que el fuego le había producido quemaduras en la piel, pero al menos estaba viva. Buscó la protección de unos juncos y permaneció inmóvil. Solo entonces se dio cuenta de que había abandonado a sus dos compañeros de fuga. Los buscó con la mirada y descubrió que el antiguo soldado se disponía a llevar a cabo su misma estrategia. Sin embargo, no contaba con el lastre adicional que suponía la madre de la pequeña. De haber estado solo se habría puesto a salvo sin problemas, pero al tener que ayudarla se rezagó en exceso y el fuego los alcanzó. Juana vio horrorizada como les ardía la ropa hasta convertirlos en dos antorchas vivientes; los gritos de dolor se le clavaron en el cerebro y jamás pudo sacarlos de allí. Por suerte uno de los cazas les lanzó una ráfaga y acabó con el sufrimiento de aquellos pobres desgraciados. Comenzó a llorar en silencio, pues no quería asustar a la niña más de lo que ya estaba.

—Mamá—llamó con su vocecilla.

—Ahora viene, mi amor.

Juana la abrazó con más fuerza y se preguntó qué sería de la cordura de la pequeña si lograba sobrevivir a esa terrible noche.

Por fortuna el fuego tomó la dirección contraria al lugar donde ellas se habían refugiado y poco después regresó la calma a la zona; una calma relativa que duró muy poco. Los aviones desaparecieron, aunque fueron sustituidos por los asesinos que marchaban a pie. En dos ocasiones tuvo que meter la cabeza en el agua, tras colocar su mano en la boca de la niña para evitar que se ahogara, cuando una patrulla pasó a muy poca distancia de donde se encontraban; buscaban supervivientes a los que darles descanso eterno. La segunda vez que emergió la miró preocupada creyéndola muerta, pero al ver sus grandes ojos abiertos comprendió que solo estaba traumatizada.

Pobre niña.

La noche fue muy larga. Los brazos le dolían al tener que sujetar el peso muerto de la pequeña y las piernas se le acalambraban debido a lo fría que estaba el agua.

Al amanecer se cumplió la predicción del ex soldado: el gobernador del estado envió tropas desde Oklahoma City para restablecer el orden en la zona devastada. Para entonces el prospero barrio había desaparecido por completo. Mil trescientas casas destruidas por el fuego, trescientas personas muertas y seis mil ciudadanos negros detenidos (de los blancos nada se sabe, aunque algo me dice que igual no detuvieron a ninguno)

Juana tiritaba de frío cuando la encontró un soldado. No podía más, pero aun así intentó huir cruzando el rio al creer que iba a dispararle.

—¡No huya, señora! —gritó el joven y acudió a socorrerla. Cogió a la niña en brazos, mientras uno de sus compañeros la cubría con una manta.

La llevaron a un almacén habilitado para socorrer a los supervivientes y le ofrecieron una taza de café. En los rostros de todos los presentes se apreciaba el dolor y la desesperación provocados por una noche de pesadilla.

Algunos de los soldados presentes en el almacén los miraban avergonzados, pero la mayoría lo hacía con indiferencia. Otros les dedicaron gestos despectivos, aunque ya no hubo más violencia hacia la comunidad afro americana de Greenwood.

Ya no era necesario puesto que el objetivo se había alcanzado con creces.

Juana no tuvo tiempo de plantearse qué hacer con la niña. Iba a tomar asiento en uno de los bancos traídos de un colegio cercano cuando se escuchó un grito desgarrador.

—¡Rosa!

Una anciana con el rostro desencajado corrió hacia ellas y tomo en brazos a la pequeña. Sin duda era su abuela. El abuelo también acudió y los tres se fundieron en un emotivo abrazo.

En el grito de la mujer se apreciaban dos sensaciones contrapuestas: una de alegría al descubrir que su nieta estaba viva y otra de dolor al comprender que nada bueno podía haberle sucedido a su hija, cuando la niña llegaba en los brazos de una extraña. La nieta agarró con fuerza el cuello a su abuela para que nunca más la abandonara. No hubo preguntas ni hicieron falta las palabras para explicar lo sucedido; el anciano movió la cabeza en mudo gesto de agradecimiento y acompañó a su esposa hasta el banco que habían abandonado hace un instante. Lo que más le dolió a la mexicana fue la resignación que observó en los ojos del hombre. Sin duda ya había vivido aquella situación con anterioridad y la aceptaba sin revelarse. Y no erraba en sus deducciones, ya que a su abuelo lo apalearon hasta la muerte cuando escapó de una plantación en Georgia y su padre corrió la misma suerte, aunque en ese caso fueron los perros los que acabaron con su vida, cuando trataba de alcanzar la libertad en Alabama. Pasaban los años, cambiaban los nombres y las formas, pero el negro seguía muriendo a manos del blanco, como siempre.

—¿Puedo marcharme? —le preguntó a uno de los soldados que montaban guardia en la puerta del almacén.

El joven dudó al no saber qué decisión tomar. Le habían ordenado que no dejase salir a ningún negro, pues sus vidas aún corrían peligro a manos de los grupos descontrolados que recorrían la ciudad.

Pero es que esa chica no era negra.

Da igual; no te arriesgues. La mejor forma de evitar los problemas es no pensar por tu cuenta y acatar las órdenes que te han dado.

—Lo siento, pero tengo órdenes de no dejar salir a nadie del almacén. Van a abrir una investigación y serán necesarios todos los testimonios que puedan aportarse.

Juana lo miró con desprecio y no pudo contenerse.

—¿Una investigación hecha por hombres blancos para culpar a otros blancos que han masacrado a una mierda de negros? Para eso no hace falta que me quede.

El soldado puso mala cara y adoptó una pose oficial cuando respondió:

—Vuelva a su sitio y espere.

Esperar era lo último que pensaba hacer. Aguardó la ocasión propicia y esta se presentó una hora después cuando un grupo de mujeres solicitó permiso para salir y hacer sus necesidades; se fue con ellas y ya no regresó. Nadie la echó de menos, permitiendo que pudiera huir de aquella pesadilla.

Corrió lo más rápido que pudo y no se detuvo hasta dejar Tulsa muy atrás. Otra ciudad cuyo nefasto recuerdo permanecería grabado en su memoria mucho tiempo.

Continuó hacia el norte, siempre hacia el norte...

Aquí damos un salto en el tiempo, porque lo que le sucede a continuación a la pobre Juanita nada tiene que ver con su perseguidora enlutada, aunque os aseguro que no deja de sufrir ni un solo instante, al menos hasta que se enamora de Ignacio, el autista español con el que emigra a Florida, huyendo de la mafia neoyorkina, pero allí tampoco encuentra la paz espiritual que busca. Primero los timan y pierden el dinero tan duramente ahorrado, y luego aparece el cazador…

FLORIDA 1929

Juana e Ignacio se disponían a pasar la última noche en la casa de la playa. Habían perdido el dinero con el que pensaban comprarla y eso ya no tenía remedio.

Cenaron en silencio, porque los ánimos estaban por los suelos, y se acostaron temprano.

Ignacio se durmió enseguida, pero ella no pudo conciliar el sueño debido a que la cabeza no paraba de darle vueltas.

Seguía sin perdonarse a sí misma lo fácilmente que se había dejado engañar por el timador. Con que habilidad la había apartado de Ignacio para que su socio le presentara el falso contrato y el inocente muchacho cayera en la trampa.

Ahora le venían a la memoria detalles que en su momento percibió, pero no les dio mayor importancia.

Su casa siempre me pareció demasiado vacía, sin apenas recuerdos de esos supuestos viajes que el lobo de mar hizo por todo el mundo.

Meditaba con los ojos cerrados cuando le pareció notar algo extraño.

En un principio no supo de qué se trataba, tal vez porque era una sensación que deseaba mantener oculta en lo más profundo del subconsciente, pero no pudo evitar que emergiera y le recordase sus días de cautiverio en casa del gobernador, cuando el sádico pervertido abría la puerta de la bodega y ella notaba el cambio en la atmosfera circundante, con el corazón palpitándole a toda velocidad.

Se incorporó ligeramente y escudriñó la oscuridad en busca de alguna pista que le ayudase a definir esa sensación extraña.

No vio nada y decidió despertar a su amante.

—Ignacio.

El vasco se removió en la cama, pero no abrió los ojos. Su sueño siempre era muy profundo.

—¡Despierta!

No tuvo más remedio que zarandearlo.

—¿Qué...Qué pasa?

—Creo que hay alguien.

El muchachote, que tenía más sueño que valor, la miró con expresión angustiada.

Que a nadie nos pase...

—¿Estás segura?

—No, pero algo extraño pasa. Podías levantarte y dar una vuelta por la casa.

A pesar de que aquella petición le parecía tarea de titanes, se levantó, encendió una vela y recorrió la casa comprobando puertas y ventanas.

—Todo bien—informó a su vuelta y se metió de nuevo en la cama.

—¿No has visto nada raro o alguien rondando por la casa? —preguntó Juana con escaso convencimiento.

—Si hubiese visto a alguien creo que te habrías enterado…o no habría regresado a tu lado—replicó con su aplastante lógica infantil—. Duérmete.

Al rato roncaba como un bendito, mientras ella mantenía los ojos abiertos como platos, hasta que las emociones del día acabaron venciendo su resistencia y cayó rendida.

Fue entonces cuando la sombra abandonó el escondite y fue a por su presa.

¿Habéis despertado alguna vez con la sensación de no estar en el mismo sitio donde os acostasteis?

Pues eso le pasó a Juana cuando abrió los ojos...y no vio nada. La oscuridad a su alrededor era total y no acabó de entenderlo.

Se encontraba ligeramente mareada y tenía la boca pastosa.

Cuando era pequeña dormía con las contraventanas cerradas porque cualquier resquicio de luz que se colara en su habitación la obligaba a despertar antes de tiempo, pero tras su terrible paso por "la mazmorra" era incapaz de conciliar el sueño si no había algo de luz en la estancia.

¿Y a qué huele?

No podía (más tarde se daría cuenta de que en realidad no quería) definir todas esas sensaciones con exactitud, pero un mal presentimiento comenzó a tomar forma y acabó convirtiéndose en un clamor.

El aire está viciado, como si...

Entonces recordó la pasada (¿pasada?) noche, cuando creyó notar la presencia de un intruso en la casa, y todo cuadró.

¡Dios mío que no sea cierto!

Aún le quedaba alguna esperanza de que todo aquello fuese una pesadilla, que se diluyó por completo cuando trató de incorporarse y comprobó que estaba atada de pies y manos. Todo el vello del cuerpo se le erizó y deseó morir en aquel mismo instante.

La bruja había cumplido su promesa, y a pesar de los años transcurridos, iba a completar su venganza. Hace falta odiar mucho para perseguir a alguien tanto tiempo y darle caza.

Me han drogado para traerme hasta aquí.

Ahora entendía lo del mal sabor de boca y la sensación de mareo que notó al despertar.

Una vez aclarado donde se encontraba llegó el momento de preocuparse por su acompañante.

¿Qué habría sido de Ignacio?

La arpía era capaz de haberle hecho daño para castigarla doblemente.

Esa duda quedó resuelta en cuanto escuchó un quejido y comprendió que su amante había corrido su misma suerte.

¿Podía alegrarse de que siguiera vivo?

Desde luego que no, porque la muerte que le aguardaba era mucho peor que acabar degollado mientras dormía. La dama de la guadaña acudiría puntual a su cita y solo habían conseguido aplazar lo inevitable.

—¡Ignacio! —llamó para despertarlo.

—¿Dónde estamos? —preguntó el español en un alarde de percepción, pues tenía claro que no estaba en casa.

¿Qué podía decirle?

¿Qué su vieja enemiga la tenía de nuevo a su merced y lo arrastraría en su caída?

Como no se vio capaz de darle tan dolorosa explicación prefirió mantenerse callada y ese silencio le ayudó al vasco a comprender la terrible verdad.

—Estamos en la bodega donde te encerró el gobernador.

No pudo evitar que le sorprendiera su afirmación.

—¿Cómo lo has sabido?

—Por el olor. Esa mezcla de humedad, aire viciado y olor a quemado es inconfundible.

—No entiendo cómo me ha encontrado.

Preguntó sin dirigirse a nadie en concreto, pero fue Ignacio quien le ofreció otra muestra de una agudeza mental que no se le presumía.

—Porque no ha dejado en ningún momento de odiarte. El amor, la ilusión, el deseo van apagándose con los años, mientras que el odio y la sed de venganza aumentan con el tiempo. Ha debido de gastarse una fortuna en buscarte, pero le va a compensar porque ha dado contigo.

—Lo que más siento es haberte arrastrado en la caída.

En este caso no respondió, ya que el miedo que sentía lo dejó sin habla. Decir que estaba asustado sería quedarse corto y de nada habría servido apelar a una vena heroica que no existía, porque su compañera lo habría notado enseguida.

No imagino nada mejor que morir a tu lado y permanecer juntos por toda la eternidad.

Las frases rimbombantes quedaban muy bien en las novelas de caballería y en las películas de Hollywood, pero en la vida real el espíritu de supervivencia acaba imponiéndose a todo lo demás.

Lo mismo ocurría con el tema de las torturas.

Cuando era un adolescente y leía algún libro en el que uno de los personajes traicionaba a sus compañeros, al revelar bajo tortura el lugar donde se escondían, se soliviantaba y maldecía al cobarde delator...hasta el día que se clavó una espina entre la uña y la carne. Sintió tanto dolor que comprendió que él también "cantaría" a las primeras de cambio.

Por tanto, y teniendo en cuenta que no podía alegrarle el oído con palabras rimbombantes que sonaran hipócritas, decidió que lo mejor sería permanecer callado.

Debido al estado de completa oscuridad y absoluto silencio en los que se encontraban inmersos pudieron captar mucho antes el ligero rumor de unas pisadas.

—Ya vienen—comentó Juana.

Ella ya había pasado por todo aquello y supo ponerle nombre a cada sonido.

Ahora están descendiendo por la escalera que lleva del piso superior a la bodega.

Echó de menos el ruido que al desplazarse producía el mueble que ocultaba la entrada a la mazmorra (era lógico suponer que ardió con el resto de la casa y no lo repusieron porque ya nada había que ocultar allí abajo), pero no faltó el tétrico sonido del cerrojo al descorrerse.

A lo lejos se verá un punto luminoso, que se irá haciendo más grande a medida que se acerquen.

En efecto, allí estaba la luz de un candil para demostrar que no iba desencaminada en sus suposiciones.

Y si en verdad aquel candil lo hubiese portado el mismísimo Satanás no se habría asustado tanto.

Se trataba de un ser humano, pero aquel indio feo y achaparrado tampoco era moco de pavo.

Y detrás llegaba la bruja, tan vieja y arrugada que parecía haber emergido de una tumba.

—¡Bienvenidos! —gritó con fingida alegría y Juana vio en aquellos ojos el brillo de la maldad más absoluta—¿De verdad creías que ibas a librarte de mí, puta?

Ahora también pudo apreciar en su mirada un insano brillo de demencia que resultó aún más preocupante.

Debe ser imposible odiar tanto tiempo sin acabar volviéndote loca—razonó la cautiva.

—Mandé tras tus pasos a Chiguagua y no me ha fallado. Sabía que un perro de presa como él te encontraría tarde o temprano y no me he equivocado.

El indio no reaccionó al insulto y Juana lo miró con tristeza.

—No permitas que te humille.

Le habló directamente, ignorando a propósito a su jefa, pero el indio no se inmutó.

—¡Pierdes el tiempo si crees que tratándolo como a un ser humano se pondrá en mi contra! —se jactó la viuda negra—. Chiguagua es un perro fiel y jamás mordería la mano que le da de comer.

—Usted es la que debería avergonzarse de pertenecer a la raza humana.

En este caso sí le habló directamente a la demoniaca mujer.

—Prometí que te pudrirías con mi marido, y aunque he llegado un poco tarde—miró los restos momificados del antiguo gobernador, que seguían en el mismo lugar donde murió, y descubrió asqueada que las altas temperaturas provocadas por el fuego en la casa y el paso del tiempo lo habían convertido en un pellejo reseco—voy a cumplir la promesa—la miró con ojos henchidos de malicia—¡Pero al menos ahora tienes compañía!

—Suelte a Ignacio. Él no le ha hecho nada.

La viuda se acercó a Ignacio y le acarició el rostro.

—Tentada estoy de hacerlo. Si fuera más joven me lo quedaría para mí. Es guapo y parece muy hombre—torció el gesto con expresión contrariada—. Pero la cueva hace tiempo que se secó y no hay nada que hacer —se apartó del español y se encaró con su enemiga—. Y por otra parte deseo hacerte todo el daño posible. Tu madre y hermanos pagaron por haberte conocido y ahora le toca a este mocetón.

Esas palabras le causaron tanto dolor que creyó morir. Que la despiadada mujer hubiese ordenado asesinar a su familia solo demostraba hasta qué punto se había vuelto loca.

—¿Duele? —le dedicó una sonrisa tan fría que la temperatura de la mazmorra descendió varios grados—. No sabes cuánto me alegro de que así sea.

—Mi hermana solo era una niña... —balbuceó entre lágrimas.

—¿Inocente como tú?

Quedaba claro cuánto estaba disfrutando aquella arpía, por lo que decidió no darle más conversación.

Cerró los ojos y dejó de prestarle atención.

—Veo que te has resignado a tu suerte y falta te va a hacer. Serán muchas las horas que habrán de transcurrir hasta que respires por última vez —le hizo un gesto al indio—. Vámonos.

Los pasos fueron alejándose, hasta cesar por completo, y la oscuridad regresó a la tumba que compartían con los despojos del gobernador.

Esta vez iba a morir y no existía posibilidad alguna de que la liberaran.

—Te quiero.

La confesión de Ignacio aumentó la pena que sentía. Primero porque sonaba a despedida y también porque le recordaba que no había tenido tiempo de disfrutar de ese amor compartido.

Esa cruel víbora lo sabe y por eso lo ha encerrado conmigo.

¿Cuánto tardarían en morir?

Mucho.

La ausencia de agua y comida sería determinante, pero no tanto si se compara con lo que esa misma carencia supone en el exterior. Allí dentro no hacía calor y la humedad reinante en el subsuelo mantendría mucho más hidratados sus cuerpos que si estuvieran en contacto con el sol.

Lo peor y más denigrante de todo sería que iban a morir empapados en sus propios excrementos.

De hecho, ya se estaba orinando.

—¿Juana?

—Dime.

—No te sientas culpable. Tú no eres responsable de lo que ha sucedido. Me alegro de haberte conocido y si tuviera la posibilidad de elegir no cambiaría nada —al oír esas palabras comenzó a llorar en silencio para que él no la oyera—. Ahora sabremos si hay algo después de esta vida. Tal vez volvamos a reunirnos y nos permitan por fin ser felices.

Ella hacía tiempo que no creía en la existencia de otra vida, pero ahora tan cerca del final, no supo encontrar las palabras de réplica adecuadas.

—Yo también me alegro de haberte conocido. Has traído un soplo de aire fresco a mi vida y ayudado a recuperar la confianza en la bondad humana.

—¿Pero me amas?

Al notar la ansiedad del hombre que iba a acompañarla en el triste destino que les aguardaba su pena aumento considerablemente y comprendió el sentido de la pregunta.

¿Iba a morir por alguien que ni siquiera lo amaba?

Necesitaba una respuesta afirmativa y así lo entendió ella.

—Sí.

¿Pero era cierto?

Difícil saberlo a ciencia cierta.

Al principio de su relación estaba completamente segura de que lo amaba. Lo comparaba con el desprecio e indiferencia con que la trataba su anterior pareja y entonces salía ganando por abrumadora mayoría. Pero a fuer de ser sincera debía reconocer que jamás había notado con Ignacio el hormigueo que sentía al ver a Cesar y ni mucho menos la pasión que los embargaba cuando hacían el amor.

Tal vez haya dos formas de amar y no lo sabes hasta que tienes la oportunidad de probar ambas.

La respuesta afirmativa debió bastarle porque no volvió a insistir en el tema.

El silencio que se estableció entre ellos les permitió oír sus propias respiraciones, prueba manifiesta de que los habían enterrado en vida.

Cerró los ojos, aunque en realidad no hacía falta, y deseó que el tiempo transcurriese mucho más deprisa.

Si al menos tuviéramos libres las manos podríamos cortarnos las venas para acabar cuanto antes con este sufrimiento.

Hasta ese punto llegaba la desesperación que sentía.

Una muerte rápida le parecía la mejor de las soluciones.

Porque ni siquiera contemplaba la posibilidad de escapar por segunda vez de aquella cárcel subterránea.

Cayó en un profundo sopor del que regresó cuando volvió a escucharse el rumor de unos pasos.

La bruja regresa para recrearse con nuestra desgracia.

Era lógico que pensara eso, aunque iba completamente desencaminada.

La luz fue acercándose y entonces descubrió que el indio venía solo...o al menos eso le pareció en un primer momento.

Cuando estuvo más cerca vio que cargaba con un bulto, que depositó en el suelo con mucho cuidado.

¿Qué nueva malicia se le habría ocurrido a esa pérfida y vengativa mujer?

En cuanto sus retinas se adaptaron al cambio de luz descubrió que el bulto era en realidad una persona.

Otro pobre desgraciado que ha caído en sus garras.

También en este caso erraba, ya que ese pobre desgraciado en realidad era...

¡La viuda negra!

La traía atada y amordazada, pero ni siquiera entonces albergó la menor esperanza de salir bien parada de todo aquello. Más bien pensó que se trataba de una cruel broma.

Sin embargo, algo cambió en su estado de ánimo cuando las miradas de las dos mujeres se cruzaron y vio un terror infinito reflejado en los ojos de su enemiga.

Esa expresión es imposible de fingir.

¿Qué estaba pasando?

Aún no lo sabía, pero tenía claro que no se trataba de una broma.

Tampoco suponía que su futuro fuese a dar un cambio radical.

Lo mismo el indio se había vuelto loco y deseaba eliminar también a su patrona (en aquel momento aún no conocía la historia de *Pequeño Alce*)

La viuda pataleó y trató de librarse de las ataduras, hasta que el indio se acercó y le habló con voz amable:

—No luches, mamasita. Ese nudo está hecho para que apriete más si te mueves.

—!Mummm...!

Dejó de forcejear, pero no cejó en su empeño de hablarle.

—Ya sé lo que vas a decir y voy a ahorrarte la molestia de mentirme—la amabilidad del indio fue sustituida por un odio contenido que no pasó desapercibido para la cautiva—. Nunca me quisiste a tu lado y trataste por todos los medios de librarte de mí. No creas que te odio por eso, pero ha llegado la hora de que te reúnas con tu marido y juntos recorráis las verdes praderas que nos habéis negado a los indios.

—¡Mummm...!

Volvió a forcejear y los ojos amenazaron con salírsele de las órbitas.

El indio la tomó en brazos y la llevó junto al cadáver momificado del gobernador. La depositó a su lado y ella hizo movimientos desesperados con intención de apartarse de los restos del que fuera su marido

Juana asistía a la escena sin acabar de creer que la situación diera un vuelco tan inesperado. Seguía sin tener claro que la suya fuera a cambiar, porque el indio no había dado la menor muestra de que fuera a liberarlos, pero al menos se consolaba pensando que la malvada mujer iba a tener el castigo que merecía.

Tras dejarla en el suelo sacó un cuchillo y se acercó a Ignacio.

—¡No lo mates! —gritó aterrorizada, malinterpretando el gesto del indio.

—Yo no mato gente indefensa—replicó con intención, para luego cortar de un tajo las ligaduras que retenían al vasco.

Hizo lo mismo con las suyas y poco después estaban los dos libres.

—¿Por qué nos liberas?

Pequeño Alce le dedicó la sonrisa más tétrica que había visto en su vida.

—¿No quieres que lo haga?

—Por supuesto que sí, pero no entiendo porque has cambiado de opinión.

El indio se alzó de hombros.

—Supongo que me cansé de que me llamara Chiguagua y me tratase como a un perro. Yo estaba destinado a mandar en mi tribu, hasta que los militares—miró involuntariamente hacia el lugar donde reposaban los restos del antiguo gobernador—llegaron y los mataron a todos. Jamás lo he olvidado, por mucho que me haya mostrado sumiso todos estos años. Aguardaba mi oportunidad y por fin ha llegado.

—Lo siento —reconoció apesadumbrada.

—Salid y esperadme fuera.

No se hicieron repetir la propuesta, ansiosos como estaban de abandonar aquella tumba subterránea.

Lo primero que ella apreció fue que habían reconstruido la mansión hasta el último detalle, lo que hablaba bien a las claras del gran poderío de aquella familia. Reconstruirla desde los cimientos debió costarles una fortuna.

En la puerta encontraron los cadáveres de dos vigilantes; alguien, sin duda el indio, los había degollado antes de que tuvieran tiempo de utilizar sus rifles.

Su libertador salió enseguida y les tendió un puñado de billetes.

—Coged un autobús y regresad a casa. También os daría las joyas de la señora, pero las necesito yo. Las venderé y con el dinero que obtenga ayudaré a los supervivientes de mi tribu.

—¿Vas a regresar con ellos?

Por toda respuesta se desprendió de la ropa que llevaba, hasta quedar vestido solo con un pequeño taparrabos.

—Esa mujer malvada merece morir, pero no de una manera tan cruel —comentó Ignacio.

—¡Ella pensaba dejaros morir lentamente! —exclamó el indio, ciertamente sorprendido.

—Lo sé, pero nosotros no somos así.

Pequeño Alce asintió complacido.

—Ojalá más personas pensaran como vosotros. Mi gente aún seguiría con vida.

—¿La has asesinado? —preguntó Juana.

—No, pero le he dado la oportunidad de elegir su propia muerte al ofrecerle veneno de serpiente para que lo tome.

—¿No temes que la rescaten con vida y vuelva a intentar vengarse de nosotros?

—Imposible. Pasarán muchos días antes de que la echen de menos. Sus hijos no la visitan nunca y ella no viaja a la ciudad. Tampoco tiene sirvientes porque prefiere hacerlo todo ella para ahorrarse los sueldos, ya que la reconstrucción de la casa se llevó todo el dinero que tenía ahorrado y lo poco que le quedaba prefería gastarlo en sus guardaespaldas. Precisamente los únicos que podrían rescatarla están muertos —miró a los vigilantes caídos para que entendieran a quienes se refería—. Ellos también merecían morir porque me insultaban siempre que podían—explicó sin mostrar ningún tipo de odio. Simplemente reflejaba en sus palabras algo que para él no tenía discusión—. Cada dos semanas le traen comida enlatada, fruta y verdura, pero cuando vuelvan ya estará muerta, de una forma u otra.

—Y aunque la busquen no la encontrarán—comentó Juana, recordando lo bien escondido que estaba el acceso a la mazmorra.

—Eso es. Pensarán que se ha ido una temporada a vivir con sus hijos. Marchaos. Me quedan algunas cosas por hacer antes de ir a reunirme con mi tribu.

Vieron que cogía los cadáveres de los dos guardaespaldas, los llevaba hasta un árbol y arrimaba una antorcha a la casita de madera construida en la base de tres solidas ramas, tras arrojar los cuerpos dentro. Ardió rápidamente, sin afectar al propio árbol, y poco después se había convertido en cenizas.

—¡Por cierto! —gritó antes de perderse en la oscuridad—. Tu familia sigue viva. Dijo que los había asesinado para hacerte más daño, pero es mentira.

La noticia emocionó a Juana.

—¡Gracias!

Llegaba el momento de emprender el regreso a Florida y olvidar aquella pesadilla.

EPÍLOGO

La señora tejía en el pequeño saloncito de la gran mansión en la que vivía, mientras hilvanaba sus recuerdos.

Rememoraba la triste existencia que llevaba en aquel lugar tan apartado, lejos de la vida social a la que estaba acostumbrada.

Pero el amor es así de imprevisible y en su caso la llevó a enamorarse de un rico hacendado, cuyas tierras estaban demasiado lejos de la civilización.

Fueron necesarias dos carretas para transportar sus objetos personales y la ropa que tan bien lucía en su esbelto cuerpo. Unas prendas que ahora solo apreciaban los peones de la finca, unos botarates que apenas distinguían la diferencia entre la seda y el organdí.

Al principio no echó de menos la vida en la capital porque su marido la colmaba de atenciones y no la dejaba descansar ni un solo día. Pasaba más tiempo en posición horizontal que en otra postura, aunque por aquel entonces no se quejaba. A los veinte años una puede con todo y no se queda rezagada en cuanto a fogosidad.

Pero el tiempo apacigua humores y calma los espíritus más ardorosos, por lo que los revolcones fueron espaciándose en el tiempo hasta casi desaparecer por completo, convirtiéndose en un fugaz recuerdo de un pasado esplendoroso.

El ánimo de la joven esposa fue decayendo en igual medida hasta convertirla en una mujer triste y huraña. Si al menos el Señor en su infinita sabiduría le hubiese concedido el preciado bien de un hijo...Un pequeño recorriendo la casa provoca alegría y une matrimonios. Y es que ese era otro detalle que acrecentaba la tristeza de aquella joven abandonada a su suerte: estaba convencida de que su marido la engañaba. No tenía pruebas, pero era imposible que alguien tan macho pudiera pasar tanto tiempo sin una mujer. Nunca se lo dijo, claro está, porque le habría pegado y entonces además de jodida estaría apaleada. El hombre de aquella época podía golpear a su esposa si ésta lo incomodaba, sin que estuviera mal visto por la sociedad machista de su tiempo.

Por tanto, se tragó su orgullo y se consoló pensando que al menos ella vivía en un palacio con todas las comodidades que pudiera desear.

Llevaban cuatro años casados cuando su marido se marchó a guerrear contra los indios. Los *yaquis* se sublevaron y el presidente envió al ejército para sofocar la revuelta. No era militar, pero tenía muchos amigos entre ellos y lo invitaban a acompañarlos cada vez que salían de expedición.

—*No hay mejor caza que la humana para un buen cazador*—solía decir cuando ella le preguntaba por qué arriesgaba su vida de manera tan estúpida.

Preparaba sus armas, montaba en el caballo español que le regaló su padre para la boda y se marchaba a impartir justicia divina.

Recientemente había recibido una carta suya, sellada en el estado de Sonora, donde explicaba con todo detalle la matanza llevada a cabo por el ejército mexicano:

No tuvimos piedad de mujeres, niños y ancianos, mientras los guerreros derrotados se arrojaban a centenares desde los acantilados para no ser atrapados con vida.

Semejante monstruosidad debió de haberle provocado horror y repulsa, pero sorprendentemente le causó la sensación contraria. No llegaba a ser del todo placentera, aunque se le aproximaba mucho. Por un instante deseó haber nacido con pelotas para sentirla en primera persona.

Solo Dios podía dar y quitar la vida, ¿pero al fin y al cabo no había dicho la Iglesia Española que aquellos indios herejes no eran más que animales a los que se podía cazar sin el menor remordimiento?

Esa fue la justificación que emplearon los conquistadores para exterminar a miles de ellos sin que les remordiera la conciencia.

Transcurrió otra semana y entonces regresó su hombre.

—¡Mira lo que te traigo, querida! —gritó al entrar en casa.

Ella dejó a un lado la costura y bajó por la escalera de caracol que llevaba a la planta baja de la casa. Imaginaba que le traía un bello obsequio para compensarle tanto abandono, pero si esperaba un vestido o una pieza de joyería se encontró con la sorpresa más desagradable de su vida.

—¿Qué es eso? —preguntó incrédula.

—¡Un indiesito!

—Ya veo que es un indio, pero lo que quiero saber es qué hace en mi casa.

—¡Lo he traído para que te haga compañía!

¿Esa cosa achaparrada, peluda y sucia era un ser humano?

—Más bien parece chiguagua que persona.

—Mujer...Ha perdido a sus padres y pensé que te alegraría acogerlo en casa para que no te sientas tan sola, al menos hasta que Nuestro Señor tenga a bien concedernos descendencia.

—Está sucio y es condenadamente feo.

—Nada que no se pueda resolver con un buen corte de pelo y un lavado a fondo...¡Remedios!—a la llamada acudió una de las sirvientas—.Prepara el baño.

—¡De eso nada! —su esposa se negó en redondo—. Llévalo a la cuadra y adecéntalo allí.

La buena mujer miró apenada al pequeño indio, que asistía impertérrito al debate entre los dos esposos, y lo cogió de la mano.

—Ven, chiquito y no tengas miedo. Mamasita Remedios cuidará de ti y te dará todo el cariño que necesites.

Lo lavó, le cortó el pelo y lo vistió con la ropa de uno de sus hijos pequeños.

—¡Mucho mejor! —reconoció el marido cuando regresó de la mano de la sirvienta.

—Ahora parece un chiguagua limpio.

Y con chiguagua se quedó la pobre criatura.

A nadie le interesó saber su verdadero nombre y solo Remedios se negó a llamarlo por ese apodo tan ofensivo y le siguió llamando *chiquito*.

La señora de la casa admitió a regañadientes su presencia, pero enseguida cambió de opinión.

Dos días después de su llegada se escuchó un grito procedente del salón y el marido acudió corriendo, pensando que alguien atacaba a su esposa.

—¿Qué pasa? —preguntó al ver que estaba sola.

—¡Mira!

Ella señaló un objeto indeterminado, de inequívoco origen, que había mancillado la alfombra persa de su madre.

—¡Hijo de la gran chingada! —exclamó divertido, pero en cuanto vio la furia que reflejaba el rostro de la ultrajada dama, su sonrisa se apagó momentáneamente —. Voy a buscarlo.

—¡No lo quiero aquí! —gritó ella antes de que abandonase el salón.

Encontró al indio cazando ranas en una charca y le habló de hombre a hombre.

—No puedes cagarte en el salón de una dama. No está bien visto por la gente de la sociedad moderna. ¿Lo entiendes?

El jovencito no dijo ni que sí ni que no y entonces decidió construirle una cabaña en la copa de un árbol. Compró tablas y clavos y se puso manos a la obra. Una semana después la había terminado y chiquito se mudó allí, con el consiguiente alivio de su esposa.

—Ese salvaje nos cortará algún día el cuello mientras dormimos—comentó ella mientras observaba como el indio trepaba ágilmente por la escalera que su marido había construido.

—Pero si es un pobre infeliz...

—Un pobre infeliz al que has masacrado a su familia...

—Yo no los maté—se defendió él.

Su esposa le daba la espalda y por eso no vio el gesto despectivo que apareció en su rostro.

Aspiras a gobernar el estado, y tal vez lo consigas, pero yo te pego veinte patadas. El día que las mujeres alcancemos el poder se demostrará vuestra incompetencia.

Pero esa fecha aún quedaba muy lejana por lo que tenía que conformarse con apoyar a su marido y tragarse su orgullo.

—Poco importa que no lo hicieras personalmente. Acompañabas a los ejecutores y eres tan culpable como ellos.

—Deja de preocuparte por un hipotético mañana y ven aquí.

Su tono de voz le trajo recuerdos de un pasado esplendoroso del que hablábamos antes, por lo que se dio la vuelta sorprendida y lo encontró dispuesto.

Fue, recibió todo lo que él estaba dispuesto a darle, y esa noche engendró su primer hijo.

Finalmente fueron dos los hijos sanos y fuertes que la vida les concedió. Crecieron junto al indio, al que consideraron su juguete, y lo trataron en consecuencia.

Pero todo eso había sucedido mucho tiempo atrás.

Ahora estaba sola. Sus hijos vivían muy lejos y su marido se pudría en el sótano de la gran mansión que esa perra había reducido a cenizas.

Se había burlado de ella, pero algún día se lo haría pagar.

—¡Chiguagua!

El indio acudió solicito al oír la llamada. Superaba holgadamente los cuarenta, pero su aspecto achaparrado y el pelo negro como el azabache hacían que aparentase algunos años menos.

—Voy a mandarte de caza. Esos inútiles a los que contraté no han dado con ella. Búscala, aunque sea debajo de las piedras, y tráemela—cogió el saquito que colgaba de su cuello, uno de los pocos objetos de valor que logró salvar del incendio y se lo tendió—. Son perlas auténticas. Cada una de ellas vale una fortuna. Véndelas y podrás comprar enseres y lealtades—como el indio no parecía interesado en la conversación tuvo que apretarle un poco las tuercas—¿Lo has entendido o tengo que repetirlo?

—Sí, señora.

—No me falles o te devolveré a esa pocilga de la que te sacó mi marido.

El hijo de **Halcón Rojo** no respondió, pero en su mirada apareció algo indefinido, que la gran dama no percibió, creyendo que aquel desgraciado aceptaba con resignación su triste destino.

Partió al alba y no tardó en encontrar el rastro de la fugitiva.

Los policías que la señora contrató eran estúpidos e incompetentes y se limitaban a preguntar por su paradero.

Pequeño Alce, como lo bautizaron en su tribu, no necesitaba preguntar, consciente de que la gente miente por diversos motivos y prefería buscar evidencias.

Sonrió para sus adentros cuando los dos inútiles regresaron a la hacienda e informaron a la señora que su presa había vuelto a la casa paterna.

Idiotas. Nadie en su sano juicio regresaría al primer lugar donde lo buscarían.

Partiendo de esa base llegó a la conclusión que la chica solo podía elegir un camino: cruzar la frontera para alejarse lo máximo posible de la loba que la perseguiría mientras le quedase un hálito de vida.

Se hizo pasar por uno de esos **espaldas mojadas** que atravesaban la frontera a diario y tuvo la gran fortuna de llegar al pueblo fronterizo en el que Juana fue mordida por un mapache, justo cuando la policía americana interrogaba a los testigos del robo en una de las casas y estos manifestaban que habían visto salir corriendo a una joven de aspecto similar a la chica que él buscaba.

Y ahora se preguntarán los más avispados cómo es posible que un indio analfabeto pudiera entender una conversación en inglés y voy a explicarlo: en realidad solo parecía analfabeto, pero no lo era. Consciente de sus limitaciones físicas (bajito y feo) y pertenecer a una raza maldita para el hombre blanco, decidió no darles más ventajas y acaparar todos los conocimientos posibles.

En la gran mansión tenía a su disposición una inmensa biblioteca que nadie utilizaba y en ella se introducía por las noches, esquivando con facilidad a los guardias armados que el gobernador tenía a su servicio. Aprendió a leer y escribir (demostrando que no se es más listo por muchas oportunidades que te den) sin ayuda de nadie e incluso se permitió el lujo de estudiar inglés por medio de un diccionario bilingüe.

Persiguió a Juana hasta San Antonio y dio con ella.

Mandó un cable a la señora y esta envió a los policías de paisano, que tan torpemente la dejaron escapar en la iglesia del padresito Quatemoc.

Tenía que volver a empezar, pero ahora no había referencias a las que agarrarse. Podía estar en cualquier parte y sería prácticamente imposible encontrarla en aquel inmenso país.

Otro golpe de fortuna le ayudó a dar con su paradero cuando estaba a punto de desistir y volver a casa: una foto en la prensa neoyorkina, donde la mexicana aparecía en una fiesta.

La mafia se pone de tiros largos.

Eso rezaba el titular y en ella se veía a los principales capos vestidos con trajes lujosos. Torrio, Masseria, Luciano y un fornido joven que acompañaba a la incendiaria.

Se desplazó hasta la ciudad de los rascacielos y preparó el secuestro, tarea que se reveló muy complicada desde el principio. Contrató a varios matones, utilizando las perlas que le dio la señora, pero en cuanto les desveló la identidad de su víctima, y ellos descubrieron que se trataba de la amante del niño mimado de uno de los poderosos capos de la mafia, le devolvieron el dinero convenido y no quisieron saber nada del tema.

Tuvo que contratar a dos chinos recién llegados a la ciudad, desesperados como estaban por hacerse con unos dólares con los que poder alimentar a sus familias. Lo tenía todo preparado cuando el terremoto sacudió los cimientos financieros de la poderosa urbe y la escurridiza muchacha volvió a escapársele de las manos.

Pero ahora sabía dónde estaba y no volvería a escapar…

Todo escritor que se precie (y los que no, también; yo soy vivo ejemplo de ello) busca desesperadamente argumentos para sus libros. Cuando comienzas a trazarlo en tu mente tienes una idea general de lo que quieres hacer, pero hasta que no recorres el camino no sabes lo que te encontrarás; es como vivir una pequeña vida llena de sorpresas y sobresaltos. Ambas cosas (y unas cuantas más como podéis imaginar) sentí cuando descubrí la masacre de Tulsa. En un principio tenía previsto enviar a Juana por Amarillo, pero el nombre de la mítica *Tulsa Ciudad Sin Ley,* me hizo cambiar de parecer. Al recabar datos sobre la ciudad me encontré con los terribles sucesos y ya no pude evitar escribir sobre ellos.

Cuesta creer que en pleno siglo veinte y en un país supuestamente civilizado como Estados Unidos pueda ocurrir una abominación como esa, pero os aseguro, que excepto el episodio inventado, en que Amanda sale del local y acaban matándola, el resto es completamente verídico, como prueba este artículo de prensa:

Este 31 de mayo se cumplen 92 años de uno de los episodios de saqueo y asesinato racial más violento en la historia de los Estados Unidos, sobre el que muy poca gente sabe, pues el hecho se ocultó y quedó sepultado durante 78 años.

Llamarle "disturbio racial" no describe adecuadamente lo que pasó entre el 31 de mayo y el 1 de junio de 1921 en el barrio negro de Greenwood en Tulsa, Oklahoma, escribe Linda Christensen en el portal independiente de noticias Common Dreams: "Porque el término en sí mismo implica que tanto negros como blancos debieran ser igualmente culpables por la ilegalidad y la violencia, siendo que los registros históricos documentan un asalto sostenido y asesino contra la vida de los primeros y contra sus propiedades".

Durante la noche y el día de los disturbios, los blancos mataron a más de 300 afroamericanos, mientras 1.265 casas en 40 cuadras del vecindario, fueron saqueadas y reducidas a cenizas, incluidos hospitales, escuelas, iglesias, además de la destrucción de 150 negocios.

La policía y soldados de la Guardia Nacional arrestaron a 6,000 negros y según otras crónicas de lo ocurrido se unieron a los saqueadores con la misma furia. Los negros eran atacados aun cuando abandonaban Tulsa: "los ametrallaban desde aviones, como para que no quedara nadie con vida. Sus cuerpos caían despedazados en el río Arkansas".

La ley y el orden quedaron hechos pedazos, sin valor ninguno: 35 edificios de Greenwood fueron reducidos a cenizas y saqueados. Vehículos de todo tipo, conducidos por blancos, rugían por las calles

arrastrando cadáveres de negros atados a los parachoques traseros. Un negro anciano y tullido fue arrastrado vivo detrás de un coche.

Conforme las hordas blancas pasaban por las zonas negras, las mujeres blancas les seguían con bolsas que llenaban con las joyas, la plata y las cortinas saqueadas de las propiedades negras. El mobiliario pesado y muchos pianos fueron destrozados, mientras que los coches se despiezaban o se les robaban los neumáticos. A la mañana siguiente casi todo Greenwood estaba en ruinas, con 1.115 casas quemadas y arrasadas, cinco hoteles, 31 restaurantes, un colegio, un hospital...

Todo inició cuando un lustrabotas negro llamado Dick Rowland chocó sin querer con una mujer blanca que salía apurada del ascensor de un hotel.La mujer se asustó y gritó. Entonces alguien exclamó: Violación!

 Al día siguiente, el Tulsa Tribune sacó un rabioso editorial: "A linchar al negro esta noche".Y esa noche, una turba de blancos armados se reunió frente a la cárcel para tratar de linchar a Dick Rowland. Muchos afroamericanos de Tulsa acababan de regresar de la Primera Guerra Mundial e hicieron lo posible por defender a Rowland y a su comunidad, pero la superioridad numérica de los blancos y sus armas, apoyados por "las fuerzas del orden" convirtió su acto de defensa en misión imposible.

 El telón de fondo era que Tulsa atravesaba por un boom económico. Se acababa de descubrir petróleo en Oklahoma, trayendo una prosperidad desconocida en el viejo Oeste y de la que muchos negros se habían beneficiado, siendo así como el barrio de Greenwood adquirió el apodo de el Wall Street negro. Esta prosperidad molestaba a muchos blancos que en el incidente del lustrabotas en el ascensor del hotel encontraron la excusa para darle rienda suelta a su odio racial.

Esta matanza de negros y saqueo de sus propiedades quedó sepultada durante 78 años hasta que en 1999, la alcaldesa de Tulsa, Susan Savage, una mujer blanca que creció en esa ciudad ignorando lo que había pasado, impulsó la realización de una investigación que arrojó los horrores de un capítulo calificado por algunos de sus autores de "genocidio" y de intento de "limpieza étnica".

Jueves, 8 de mayo de 2008